Meu irmão, eu mesmo

João Silvério Trevisan

Meu irmão, eu mesmo

Grafia atualizada segundo o Acordo Ortográfico da Língua Portuguesa de 1990, que entrou em vigor no Brasil em 2009.

Capa
Claudia Espínola de Carvalho

Foto de capa
qingqing/ Shutterstock

Preparação
Leny Cordeiro

Revisão
Ana Maria Barbosa
Aminah Haman

Dados Internacionais de Catalogação na Publicação (CIP)
(Câmara Brasileira do Livro, SP, Brasil)

Trevisan, João Silvério
Meu irmão, eu mesmo / João Silvério Trevisan.
— 1ª ed. — Rio de Janeiro : Alfaguara, 2023.

ISBN 978-85-5652-169-9

1. Literatura brasileira 2. Memórias I. Título.

23-142967 CDD-869.803

Índice para catálogo sistemático:
1. Memórias : Literatura brasileira 869.803
Aline Graziele Benitez – Bibliotecária – CRB-1/3129

EDITORA SCHWARCZ S.A.
Praça Floriano, 19, sala 3001 — Cinelândia
20031-050 — Rio de Janeiro — RJ
Telefone: (21) 3993-7510
www.companhiadasletras.com.br
www.blogdacompanhia.com.br
facebook.com/editora.alfaguara
instagram.com/editora_alfaguara
twitter.com/alfaguara_br

Ao Cláudio, e sua ferida

Penso na vida. Todos os sistemas que eu possa edificar jamais igualarão meus gritos de homem ocupado em refazer sua vida.

Antonin Artaud, *Posição da carne*

Sim, disse o sr. De Corville, nós insistimos que nos dê todos os detalhes, sem os dissimular com uma decência que embota os aspectos mais repugnantes, fundamentais para conhecer o homem. Não se percebe quanto tais visões são úteis para o desenvolvimento do espírito humano. Se ainda somos tão ignorantes nessa questão, deve-se à estúpida cautela daqueles que querem abordar tais temas. Travados por terrores absurdos, eles não nos falam senão de puerilidades que qualquer imbecil conhece. E não ousam extrair do coração humano, para exibir aos nossos olhos, suas monumentais contradições.

Marquês de Sade, *Justine ou Os tormentos da virtude*

De algum modo, estava previsto. Nasci no solstício de inverno do hemisfério Sul, ao final de uma das noites mais longas do ano, o que já prenunciava uma trajetória pela *noche oscura*. San Juan de la Cruz celebrava essa grande obscuridade como passagem imprescindível para chegar à iluminação. Não sei se me iluminei o bastante. Mas talvez essa longa noite que precedeu meu nascimento me predestinou a questionar o mistério, como ocorre em tantas existências humanas.

Sim, a necessidade de fazer perguntas sem fim pode caracterizar pessoas que, de modo desarticulado, compõem uma espécie de Confraria da Dor: irmandade que se interliga por um nervo exposto da alma. Como compensação, a vida lhes oferece um dom que modula sua voz para a profecia. Não se trata de uma jornada até a bem-aventurança. O processo está mais próximo ao daqueles cantores castrados do período Barroco, que perdiam uma parte física de si para atingir o timbre exato da voz que expressa o som da alma. Vistos de fora, o dom da profecia e o som da alma podem soar como experiências de transfiguração. Vividos no dia a dia, tendem mais ao atropelo do que à contemplação.

Para que serve a voz do profeta senão como motivo de apedrejamento, por herético e desviante? Quem sabe para ser jogado na cova dos leões.

PARTE I

Adoecer de si

Invocação

Como me aproximar de Cláudio José Trevisan? Faço a pergunta para lhe pedir licença, meu irmão, no início da empreitada hercúlea de adentrar sua história. Sinto necessidade de lhe falar diretamente, como se compartilhássemos os fatos. Parece um modo mais legítimo de abrir espaço para a intimidade real que experimentamos quando você ainda era vivo. Ao mesmo tempo, tiro você do anonimato que tenderia a torná-lo distante, como se eu o manipulasse ao relatar com minha voz a história que vivemos juntos. Uma tal interlocução não era prevista, nem fácil. Apesar do risco de não ser fiel ao tom das nossas conversas de antigamente, vou invocar sua presença direta quando achar necessário. Se a partir de agora eu lhe falo como a um personagem, é seu destino que me guiará.

Para tanto, peço sua bênção, meu irmão.

Postais

No jorro da memória, você, meu irmão, surge nalguma lembrança fantasmagórica, assim por nada. Como aquela, num anoitecer longínquo de dezembro de 1956, em Ribeirão Bonito. Postados diante da nossa casa, você e Toninho, irmãos inseparáveis de oito e sete anos, têm os olhos fixos no alto do morro Bom Jesus, que se ergue ali no fim da rua. Sem se dar conta dos seus corações a galope, aguardam o momento da tão propalada inauguração. De repente, faz-se a luz de neon que revela os contornos da capela de Nossa Senhora Aparecida, lá no topo. "Óia só, maninho!", vocês exclamam seu deslumbramento, e nem há tempo de suspirar, porque a banda da cidade irrompe com o dobrado "Dois corações". Quase ao mesmo tempo, a fonte começa a jorrar por entre luzes multicoloridas, e suas vozes se juntam ao grito uníssono que sobe de todos os cantos da cidade. Bocas escancaradas emudecem de pasmo. E os olhos se arregalam quando os fogos de artifício, inevitáveis nas festas anuais, enchem o céu de grandeza. No ímpeto dessa chuva de meteoritos, que abala e transfigura a pequena Ribeirão, vocês são levantados do chão pelo encantamento. Aquele era o mundo real, tecido de mistérios. Vocês riem de felicidade que, irradiada a partir do morro, concentrava todos os nexos do mundo ali, em Ribeirão Bonito. Aos borbotões, saltam da lembrança as marchas de John Philip Sousa que abriam a sessão domingueira do cine Piratininga, e nos seriados ecoam os urros do Tarzan, Nioka enfrenta perigos, Flash

Gordon viaja ao planeta Mongo e seguem-se os tiroteios dos caubóis enquanto a molecada se contorce de entusiasmo, "Aí, mocinho", e braços triunfais se levantam no The End, até o próximo domingo, maninho, um novo episódio da vida de verdade, projetada na tela de pano, em que bandidos sempre saem derrotados. Onde tais lembranças irão guardar sua significância tão desmedida, tão efêmera, meu irmão? Como resgatar o prazer sem tamanho da vida, ao mastigar o sanduíche de bife que tio Gustinho fritava com molho inglês no bar do Clube da Cidade? Não seria da ordem dos grandes banquetes que, pelos séculos afora, nunca mais se repetirão, nem que fossem principescos? Postais para o futuro.

Cacos

Nessa arqueologia elementar, resgato certas marcas de estranheza na infância do meu irmão Cláudio. Seu ouvido purgava, recorrentemente. Nossa mãe pingava óleo quente. E seu nariz vivia escorrendo secreção. Chorão e fechado, parecia um garotinho que precisasse resguardar sua pequena intimidade, seus mistérios. Lembro de um episódio marcante, que ninguém em casa sabia explicar. Durante o período do grupo escolar, Cláudio passou a colecionar borrachas, aquelas vermelhas de um lado e azuis do outro, por ele organizadas rigorosamente dentro de uma gaveta. Era uma coleção enorme, que não parava de crescer. Ele manifestava orgulho e zelo por essa coleção. Nada podia deixá-lo mais irritado do que alguém tirá-las da ordem. E exigia devolução quando se via pressionado a emprestar alguma. Comprava suas borrachas com a grana que ele e nosso irmão Antoninho ganhavam em bicos diversos, como engraxar sapatos após a missa de domingo no largo da Matriz, vender sorvete de fabricação caseira, ajudar numa farmácia ou percorrer a cidade oferecendo bananas de porta em porta — para receber uma gorjeta da dona da quitanda. Com pouca diferença de idade entre si, Cláudio e Toninho eram parceiros nas brincadeiras e nos "negócios". Quando pequenos, viviam se chamando de "mano" e "maninho", talvez porque tinham descoberto a palavra e a achavam chique, em substituição ao desgastado "irmão". Nesse conluio, encontraram outro meio mais curioso (e talvez mais rentável) de obter alguma renda.

Periodicamente, ambos apanhavam um saco de estopa e faziam a ronda em fazendas, sítios e matos ao redor da cidade recolhendo todo tipo de ossos que encontravam, desde boi morto por cobra ou por doença até carcaças descartadas de gado ou de porco consumidas pelas famílias sitiantes. Os donos até agradeciam a limpa higiênica. Os ossos ficavam estocados no porão de nossa casa, à espera do caminhão que os comprava para revender às fábricas de pentes e botões. A renda como catadores de ossos só não era melhor porque o caminhão aparecia poucas vezes e a garimpagem rigorosa esgotava as ossadas, que demoravam meses para acumular outra vez. Tudo isso certamente permitia sustentar a crescente coleção de borrachas. A prática continuou em São Paulo, depois que Cláudio conseguiu trabalho em uma farmácia do bairro, entre seus doze e treze anos. Para economizar, ele fazia longos trajetos a pé, e aplicava a poupança da passagem de ônibus na aquisição de novas borrachas, estocadas em fileiras quase militares. Nunca entendemos de onde vinha aquele fascínio, quase obsessivo.

As estranhezas ocorreram também em acidentes que marcaram seus primeiros anos de vida. Certa vez, ainda em Ribeirão Bonito, mamãe organizou uma novena, dessas que rodavam de casa em casa pela cidade. As mulheres da vizinhança se juntavam para rezar o rosário, em especial quando se tratava de pedir alguma graça ou pagar promessa. Nos intervalos das rezas, era comum servirem docinhos, bolos e licores de anisete ou jabuticaba, que mamãe preparava com pinga. Em casa, todos ajudavam, inclusive Cláudio. Então com uns oito anos, gostava de calçar alpargatas Roda de pano, cujas solas de corda não eram muito práticas para crianças ansiosas. Alguém o encarregou de levar até a sala uma licoreira cheia, para servir as visitas. Cláudio tropeçou na passadeira e caiu, com o rosto diretamente em cima dos cacos da vasilha espatifada. Uma cena assustadora, por causa do sangue. Aparentando calma, mamãe tirou um caco do seu rosto. Por sorte, nada pior aconteceu. Resultou apenas uma cicatriz no lado esquerdo, que até adicionou um charme especial aos seus traços faciais.

No início da adolescência, outro fato inusitado. Já em São Paulo, Cláudio foi mordido por uma cachorra com sintomas de infecção pelo vírus da raiva. Assim como no interior, nas periferias das grandes cidades esses cães doentes costumavam fugir de suas casas e caminhavam a esmo pelas ruas, atacando outros animais e seres humanos. Talvez ao tentar brincar com a cachorra, conhecida como Diana, Cláudio recebeu uma mordida, e poderia ter se infectado com o vírus, que provoca paralisia muscular generalizada. Não sei onde mamãe se informou ou se sabia previamente da necessidade de levar a cabeça do animal para analisarem o cérebro contaminado. Depois de procura aflitiva pelo bairro, ela conseguiu localizar a cachorra e, ante a recusa dos vizinhos, decapitou-a por sua conta. No Instituto Pasteur, para onde levou a cabeça, um exame laboratorial confirmou a doença. Daí foram semanas em que mamãe levava Cláudio para aplicação de injeções dolorosas na barriga, provavelmente com soro antirrábico, além da vacina específica. Foi o que evitou a infecção.

No ano seguinte, ainda em São Paulo, aconteceu outro incidente quase fatal. Lurdinha, Cláudio e Toninho estudavam no curso noturno de um colégio na Freguesia do Ó. Certa noite, voltavam bem tarde pela avenida mal iluminada. Próximo à rua onde morávamos, numa curva perigosa, um jipe se desgovernou ao ultrapassar um ônibus e atropelou Cláudio, que vinha distraído pelo meio-fio, do outro lado da avenida. Foi um corre-corre para levá-lo a um hospital nas proximidades, onde ele passou por exames. Cláudio teria uns treze anos. Felizmente, salvou-se mais uma vez.

Outros postais

O jorro das lembranças continua naquela pequena foto em preto e branco amarelada, de quando fomos a São Paulo pela primeira vez, por volta de 1950. Posamos diante da porta do bangalô, no final da rua Tupi, onde morava nossa tia-avó Joana. Vejo a mim, sorrindo ao lado da mamãe em pé. No colo dela, você chorão, a esfregar na carinha a sua mão impaciente. Ali você era só um pinguinho de gente.

E prossegue o jorro com a primeira foto feita no bairro de Itaberaba, onde passamos a viver em São Paulo, você ensaiando um sorriso, abraçado a um amigo, por volta dos doze anos, já de calça comprida, cinto, paletó e nos pés a indefectível alpargata Roda, em meio a um grupo com Lurdinha, Toninho e outros garotos. Estão todos em preto e branco, diante da casa dos nossos tios, que nos cederam o porão para morar, na rua Clara Parente, tornada um lamaçal quando chovia.

Pouco mais tarde, sua imagem surge numa foto de visita a Ribeirão Bonito, adolescente de treze anos, circunspecto de paletó e gravata, cercado de primas e ladeando mamãe, em contraposição ao Toninho esfuziante do outro lado.

Em seguida, há várias fotos da família, posando na mesma rua diante de casa, você em plenos catorze anos, já sorrindo com segurança e deixando entrever sua grande beleza, que desabrocha num misto de charme e sedução. Ali estamos todos, inclusive meus tios, mamãe de sorriso tímido, papai carrancudo como sempre, eu seminarista — no curto (e abominável) período em que fui obrigado a usar batina —, Lurdinha e Toninho igualmente adolescentes, compondo um grupo luminoso em rara foto como família feliz.

Há uma última cena, nas bodas de prata de José e Maria, cujo preto e branco revela você de farto cabelo jogado para o lado, sobrancelhas grossas da ascendência calabresa e rosto moreno luminoso, ressaltado por uma blusa de gola rulê branca, fazendo gênero nouvelle vague.

Por fim, a lembrança já se põe em movimento, e assim a memória a guardou: a partir de um filme. No salão de estudos vazio do seminário de São Carlos, antes de sairmos de férias, eu e meu amigo Ivo promovemos uma sessão privada de *La dolce vita*, em cópia 16 milímetros. Por acaso, você estava presente. Lembra, meu irmão? Tinha vindo me encontrar no seminário, após uma visita a Ribeirão Bonito. Éramos três adolescentes saboreando até a medula um filme proibido para menores de dezoito. Você teria uns treze anos, eu talvez dezessete. Não sei se o filme teve para você o mesmo impacto que senti naquela madrugada. No dia seguinte, viajamos de trem até São Paulo, para passar as férias de julho com a família. Durante o trajeto, no vagão de segunda, eu sorria por nada, desnorteado de encantamento com as cenas daquela sessão que, de fato, foi um verdadeiro batismo na compreensão do mundo moderno e me marcou por toda a vida. Acho que você, por sua vez, estava radiante e orgulhoso de ter sido acolhido para ver um filme tão adulto. Se não chegou a sentir como um batismo, *La dolce vita* certamente lhe ofereceu um banho de realidade ao ampliar a dimensão do seu horizonte e lhe revelar a vida, generosa em segredos que adolescentes tanto prezam em desvendar — sobretudo quando proibidos para menores. Você concorda, meu irmão?

Postais tardios

Acho que nossa aproximação começou na adolescência, não é mesmo? Como irmão mais velho, em alguns momentos ocupei o lugar paterno que nosso pai desconhecia. Em especial durante a puberdade de vocês três, aí incluindo a Lurdinha. Graças a um curso de formação sexual que fiz no seminário progressista onde estudei, pude lhes dar informações básicas sobre anatomia e sexualidade: como eram os órgãos sexuais, como funcionavam, para que serviam. Passei-lhes também dois livrinhos católicos considerados avançados, *O diário de Dany* e *O diário de Ana Maria*, que abordavam temas típicos da adolescência. Foi quando descobri que você, Cláudio, tinha uma séria fimose. Apesar da minha virgindade conturbada, eu sabia quanto isso pode ser incômodo para uma vida sexual satisfatória. Procurei as freiras da Santa Casa de Misericórdia de São Paulo, onde consegui uma cirurgia gratuita para circuncisão, já que nossa família não tinha condições financeiras que permitissem tal regalia. Acompanhei você antes e depois da cirurgia. Ainda que o procedimento fosse relativamente simples, você se mostrava muito temeroso. Nos primeiros dias, em especial, entre as ereções matutinas e a necessidade de urinar, várias vezes precisei acompanhar você ao banheiro, e sustentava com todo cuidado seu pau enfaixado enquanto você urinava gemendo e sofria desmaios ao contemplar aquele grande volume com ataduras ensanguentadas no meio de suas pernas. Lembra? Pois é, irmãozinho, desde sempre você vivia essa mistura de força e fragilidade. Durante toda a convalescença, eu trocava seus curativos periodicamente. Acho que foi o momento em que estive mais próximo de encarnar para você o papel do pai — o provedor, o que protege.

Depois disso, cada um de nós saiu em busca do seu rumo. Você foi estudar, procurou se profissionalizar em várias áreas, ficou apaixonado e se casou. Eu abandonei o seminário, comecei a fazer cinema e preferi morar sozinho, disposto a encarar meus conflitos existenciais e sexuais. Por mais que pudéssemos estar distantes, sei quanto a cirurgia de circuncisão permaneceu viva na sua lembrança. Posteriormente, por várias vezes você manifestou sua gratidão, lembra? Sua própria mulher comentava como esse episódio foi marcante em sua vida. Tenho a convicção de que ele aprofundou as raízes da nossa amizade. Ainda assim, se a sua circuncisão criou alguma expectativa paterna a meu respeito, receio que a frustrei. Eu jamais poderia ser um pai.

Certamente você também marcou a minha vida, em inúmeros momentos, que jamais esqueci — e pretendo revivê-los neste livro. O que mais me encanta, quando penso neles, é que nunca precisamos fazer cobranças mútuas a respeito. Habitávamos um território fértil em generosidade. Lembro da sua iniciativa, logo que deixei o seminário, de me ensinar a dirigir, para conseguir a carteira de motorista. Eu me apoiava na sua paciência superlativa para enfrentar a insegurança de ter uma máquina sob meu controle. Em seu velho jipe, dávamos voltas no entorno do morro da Freguesia do Ó, onde ficava o velho prédio de um seminário. Até o dia em que fomos flagrados e multados pela polícia — por dirigir sem carteira. Mesmo após outras tentativas, nunca me tornei um motorista.

Tateando

Em São Paulo, mamãe conseguiu autorização do Juizado de Menores, de modo que Cláudio e Toninho obtiveram carteira especial de trabalho e puderam ser registrados por empresas como office boys. Enquanto Toninho trabalhava no escritório do clube de campo Delfim Verde, Cláudio ingressou na empresa Votorantim, onde passou a usar gravata obrigatória. Eram umas gravatas fininhas, em moda na época, que lhe pareciam muito charmosas. Cláudio ganhava na empresa uma cota mensal de sabonetinhos cheirosos, que levava para casa.

Por volta de 1964, a Votorantim selecionou um grupo de jovens funcionários para fazer um curso de programação em computação COBOL, orientada para o processamento de banco de dados comerciais nos computadores de então. Tornou-se a linguagem de programação mais usada no meio empresarial durante os anos 1960. Cláudio, então com dezesseis anos, ficou entre os selecionados e se tornou um dos primeiros programadores desse sistema no Brasil. Lembro certa vez quando fui encontrá-lo no trabalho e me impactou a sala que abrigava uma grande quantidade de máquinas para programação, uns computadores barulhentos e do tamanho de armários de metal, que funcionavam com fitinhas perfuradas.

Cláudio não pareceu muito empolgado com o trabalho de manusear aqueles rolos de fitas e manter a atenção para garantir o funcionamento ininterrupto das máquinas. Isso o levou a pedir demissão. Fez um concurso para o Banco do Brasil, com êxito. Passou a trabalhar numa agência na Freguesia do Ó. Devia ter uns dezoito anos. Segundo consta, seria um dos concursos mais difíceis e cobiçados de então, verdadeiro sonho para quem quisesse iniciar uma carreira profissional segura.

Fato curioso era a disciplina organizativa do Cláudio. Na época, jovens costumavam acampar em fins de semana e feriados. Um mês antes do evento, ele começava a separar o material no quarto que dividia com o Toninho — roupas, talheres, copos, travesseiros. Para viajar, lotavam o seu velho jipe, adquirido em condições favoráveis. No acampamento, a limpeza dentro da barraca tinha que ser rigorosa, e para tanto Cláudio providenciara um cestinho de lixo. Certa vez, um amigo que os acompanhava não se preocupou em limpar as migalhas do sanduíche que comera em cima do saco de dormir. De manhã, acordaram alarmados com a quantidade de formigas dentro da barraca. Cláudio lhe passou um sabão e, indignado, listou os bons motivos para ter as coisas bem organizadas. Curiosamente, um pouco disso se manteve em alguns costumes corriqueiros do meu irmão. Por exemplo, adorava arroz e feijão, mas só os comia depois de amassar bem até virar uma papa. O próprio Cláudio brincava com as filhas de fazer o teste, virando o prato para baixo sem que o grude caísse.

Quanto aos estudos, que eram questão de honra para mamãe, Cláudio ingressou no curso de história da USP. Mas logo se decepcionou e o abandonou. Não se sabe exatamente o motivo da sua evasão. Talvez mero desinteresse pela carreira. Mas havia também um motivo prático. Como trabalhava durante o dia e estudava à noite, não suportava o cansaço da longa viagem de ida e volta até o campus, uma saga para quem só dispunha de transporte público para atravessar a cidade. A desistência era comum entre estudantes no período noturno.

No fim de 1969, Cláudio pediu demissão do Banco do Brasil, juntou suas economias e fez uma primeira viagem ao Nordeste, por uns três ou quatro meses. Viajar era um dos mitos hippies daqueles tempos, e o Nordeste apresentava-se para a parte sul do país como uma revelação de jovialidade, belezas naturais, musicalidade, gastronomia e artesanato. Nos seus vinte e um anos, pôr o pé na estrada se tornou essencial para Cláudio conhecer o mundo. Encantou-se tanto que voltou ao Ceará no primeiro semestre de 1970. De regresso a São Paulo, parecia ter cumprido seu rito de passagem. Ingressou na editora Brasiliense e ali se tornou assistente editorial, o que configurou uma guinada extraordinária em sua vida profissional.

Depois de alguns desencantos amorosos, que inclusive provocaram confronto com nosso pai, Cláudio finalmente cruzou com alguém no momento certo e nas condições favoráveis. Em 1973, num encontro com amigos, conheceu uma jovem angolana chamada Alzira, que estudava biologia e morava numa pensão no centro de São Paulo. Viajaram juntos para Ubatuba, ficaram apaixonados e começaram a namorar. Não demorou para se casarem, ambos com vinte e seis anos. Foram morar na rua Bento Freitas, bem próximo ao trabalho do Cláudio na editora Brasiliense.

Seu gosto pelos livros consolidou-se nesse período, tanto que poucos anos depois deixou a editora para ingressar no ramo das livrarias. Mudaram-se para Jundiaí, onde ele e Ziza abriram a Livraria Dom Quixote, que mobilizava toda a cidade com feiras de livros periódicas. Transformada em point intelectual, recebia autores e autoras famosas para lançamentos e autógrafos. Cláudio havia encontrado seu nicho.

O som da alma

A descoberta da alquimia interior que pode estabelecer a relação entre dor e beleza me ocorreu de modo definitivo em algum momento do ano de 1972. Quando eu já me preparava para deixar o Brasil, após a proibição do meu filme *Orgia ou o homem que deu cria* pela ditadura militar, recebi um golpe de misericórdia desferido por uma música. Eu ouvi pela primeira vez, na extraordinária interpretação de Pablo Casals, as suítes 1 e 4 para violoncelo solo de Johann Sebastian Bach. Poderia soar como a trilha sonora para aqueles tempos irrespiráveis, mas era bem mais: o som de uma alma. Eu nunca ouvira um lamento tão lancinante. Fiquei paralisado, sem conseguir fugir nem me esconder, ante a legitimidade do clamor. Jamais poderia imaginar que a dor pudesse se exprimir com tanta exatidão e grandeza como nessas peças. Num tempo em que não havia tantas facilidades de audição, durante anos cultivei a lembrança dessa obscura maravilha.

Em algum lugar da sua obra, o poeta-profeta Antonin Artaud afirmava ser impossível comunicar a dor através da mera frase "Eu sinto dor", que não expressava a singularidade da experiência pessoal e intransferível do sofrimento humano. É um grande desafio expressar a verdade de cada dor para além da repetição de um padrão linguístico banalizado. Pois bem, assim como Artaud, a capacidade visionária de Johann Sebastian Bach conseguiu atingir essa expressão de modo universal. Por quê? Bach certamente fazia parte dessa confraria capaz de apalpar o ponto exato onde a alma dói. Ele vasculhou a dor até encontrar na raiz do seu desespero pessoal os elementos para comunicá-la através dos generosos caminhos da poesia. Porventura não estaria aí, no processo alquímico de resgatá-la como arte, a mais adequada forma de abraçar a dor?

Suponho que, ao escrever este relato íntimo de uma grande dor, eu talvez venha perseguindo um resgate em busca de sentido. Mas não se trata de consolo. Ao contrário, sei que corro o risco de não cumprir a tarefa de desvendar os meandros do sofrimento, não aquele distante e abstrato, mas este sofrimento muito concreto e particular que talvez atinja apenas o ruído, e não o som cristalino, da alma.

Saudades

Em abril de 1973, fui embora do Brasil para escapar da ditadura militar que tornara minha vida um inferno, especialmente após a proibição do meu filme e o colapso do meu futuro no cinema. Coloquei o essencial numa mochila e pus o pé na estrada. Durante seis meses, viajei por quase toda a América Latina, do Uruguai ao México, com um amigo. Minha crise, que misturava tormentos pessoais e políticos, eclodiu ainda no início da viagem, num ambiente propício para adicionar aquele elemento sagrado, cujo batismo de sangue acontecera nos meus anos de seminário e nunca me aquietara. Não por acaso, cristandade e paganismo se fundiram e me levaram a um deserto peculiar nos arredores de Cuzco, umbigo do mundo para os antigos incas. Eu tinha subido ao alto de uma montanha para visitar as ruínas de um observatório inca na vilinha de Pisac. Ali vivi tentações a partir dos meus próprios demônios interiores. Descobri que queria me matar. Aos vinte e nove anos, carregava meu mundo nas costas e sentia todo o peso de uma vida por vir. Sobrou o testemunho de uma única foto que enviei ao Cláudio, pouco depois da Páscoa de 1973. Em preto e branco, lá estava eu, exilado, contemplando o caminho incerto que começava no alto de uma montanha. Nesse embate interior, o impulso vital se impôs, ao menos provisoriamente. A viagem se estendeu num encantamento crescente com a diversidade cultural e histórica ao meu redor. Conheci sabores de povos diferentes, e suas maneiras de resistir aos tentáculos do aniquilamento.

Em setembro do mesmo ano cheguei a San Francisco, na Califórnia, perto do destino final da minha viagem. Aí me esperava uma carta do Cláudio, num endereço que eu lhe deixara e onde me hospedei por alguns dias. Exultante, ele me enviara várias cópias de uma resenha sobre *Orgia ou o homem que deu cria* publicada no *Jornal da Tarde*, em que Paulo Emílio Sales Gomes exortava a censura de Brasília a liberar meu filme com base nas qualidades por ele apontadas. Foi, aliás, a única crítica e solitária defesa que recebi após a proibição do filme. Mesmo de longe, sorri para que você, meu irmão, sentisse o bálsamo que tinha me enviado.

Pouco depois eu me instalei em Berkeley, no outro lado da Bay Area, onde planejara tomar um banho de contracultura e antever os sinais do meu nebuloso futuro. Tudo era busca. Bati a cabeça de diversas maneiras sondando meu lugar no mundo, fosse como fotógrafo (num curso abortado, do qual fui excluído por não ser um exilado autêntico, afinal abandonara o Brasil por vontade própria) ou como mímico (um sonho antigo que comecei a tornar real, mas custava caro demais me dedicar à profissão). Eu partilhava minhas inseguranças e descobertas com novas amizades que fui fazendo e antigos amigos do Brasil. Não foram muitas as notícias trocadas com o Cláudio, mas as lembranças eclodiam em episódios inesperados. Certa vez, num momento de profunda melancolia, pedi a você, meu irmão, que se lembrasse de mim quando ouvisse uma canção de Roberta Flack, grande sucesso na época: "Killing me softly with his song" — que eu cantava como "with this song", no meu inglês ainda titubeante. Mesmo que ambos pudéssemos perder o sentido geral da letra, o pedido implicava um tom profético. Aquela canção falava de mim com tanta exatidão como se citasse "my letters", meus diários e mesmo meus pensamentos, ao anunciar "my dark despair", esse desespero soturno em que eu estava mergulhado, sem saber o que fazer da vida, recomeçando do zero ali no exílio, enquanto cavoucava, com as próprias mãos, algum resto de esperança. Lancei a você um pedido de socorro através da canção, que atualizava assim a potencial função dessas pequenas pérolas da indústria cultural quando realizam milagres de poesia sem cobranças. Naquele momento, nada podia ser mais adequado do que a voz cristalina de Roberta Flack para expressar a minha dor, assim como ninguém no mundo poderia ser mais indicado para decifrar o meu grito senão você, que continuava sendo teimosamente meu irmão, a milhares de quilômetros de distância. Com esse mesmo sentimento eu adotei um pseudônimo fugaz, sem perceber o sentido de me rebatizar: Claudio Blossom. O sobrenome constava num cartão-postal recebido na casa onde fui morar, endereçado a alguém que teria morado ali, e me pareceu um simpático anseio de florescer. O nome Claudio, que sempre julguei lindo, foi uma homenagem à saudade de você.

Entre Marte e Saturno

Quase três anos depois, cheguei a São Paulo no último dia de 1975, vindo do México, onde vivera meu final de exílio. Eu trazia pelo menos uma boa notícia, que recebi no caminho, quando visitei Bogotá: um dos meus contos fora distinguido no IV Concurso Latinoamericano de Cuentos por um júri mexicano encabeçado pelo grande Juan Rulfo. Cláudio já trabalhava na editora Brasiliense, e sabia bem quanto significava para mim esse vislumbre de uma carreira como escritor. Celebramos em seu apartamento no centro da cidade, onde ele tinha reunido a família para me receber com um jantar de Revéillon, quando conheci pessoalmente minhas cunhadas e meu cunhado.

Comecei de imediato a buscar meios de me estabelecer outra vez na cidade. Cláudio me ajudou a alugar, nas redondezas, a quitinete recém-desocupada por sua sogra. Passei a morar nesse pequeno espaço, bem em frente ao complexo da Santa Casa de Misericórdia. Contemplando aquela construção antiga, que guardava alguma beleza, eu imaginava as tantas aflições ali concentradas e pensava ser a paisagem ideal para abranger minhas próprias dores. Na tentativa de decifrar o Brasil, de novo e sempre, eu recortava e colecionava compulsivamente artigos de jornais, que mais tarde transformei num conto emblemático de nome "Corpo místico". À procura de si mesmo, o personagem perde o domínio dos seus membros, que se rebelam, criam zonas autônomas e brigam entre si até seu corpo se tornar um bloco disforme de carne, e ele, um monstro. Sim, naquela pequena ficção eu retratava a bestialidade do meu estado pessoal. Ciente de que a situação repressiva havia piorado, eu me sentia como se, ao voltar para o Brasil, tivesse traído a mim mesmo através de uma armadilha preparada para me autossabotar. Tudo, absolutamente, me parecia estranho, como se tivesse deixado Saturno para cair em Marte.

Sim, havia uma grande exceção: eu encontrava consolo depois que assumira minha homossexualidade, mesmo não vislumbrando nenhum canal para trocar ideias e abrir perspectivas políticas que ajudassem a tirar meu amor das sombras. Eu voltara para meu país com a convicção da legitimidade do meu desejo, tornado porto seguro que sedimentava um bocado das minhas angústias e incertezas político-existenciais. Por isso eu quis compartilhar a felicidade de ter encontrado no amor alguma luz em minha busca interior. A revelação da minha homossexualidade provocou mal-estar e até rupturas dentro da família. Com exceção de você, Cláudio. Quando lhe contei que eu tinha amadurecido ao me aceitar como homossexual, sua reação veio num gesto de acolhimento. Comovido, você me abraçou com alegria autêntica e confessou: "João, eu já te admirava antes. Agora admiro mais ainda, por tua autenticidade e coragem de ser". Senti aquele abraço como a expressão mais legítima do que se pode entender por fraternidade. Ser acolhido de modo tão incondicional por você, meu irmão, me trouxe a certeza de que eu estava menos só no mundo.

A partir daí, sua amizade adicionou afeto e respeito crescentes por mim. Quando nos encontrávamos, você me saudava com um tranquilo "selinho" na boca, inclusive em público e diante do resto da família — sem temor desse gesto pouco comum então, que demonstrava, além do amor fraterno, um elemento de solidariedade, como se sugerisse "coisa de viado", não é? Conheço o quanto tais valores importavam e eram cultivados no seu estilo de vida. Você se tornou meu confidente nos percalços amorosos e nas lutas políticas, quando me dediquei de corpo e alma ao início do movimento pelos direitos homossexuais no Brasil. Você também conviveu com meu companheiro na época e, cinco anos depois, compartilhou minha dor de ser abandonado em meio ao que parecia uma estupenda relação de amor — que não foi.

A literatura, enfim

Ao voltar do México, eu trouxera um livro de contos quase pronto, e estava decidido a inaugurar minha profissão de escritor. Vivi então uma amostra do clima irrespirável que me cercava. O mesmo conto premiado por Juan Rulfo ganhou um concurso erótico da revista *Status*. Lembro quando Maria Rita Kehl me telefonou para dar essa boa notícia e também a má: a censura de Brasília havia proibido a publicação do conto — por sua temática explicitamente homossexual. Ali se comprovava minha suspeita de que a ditadura tinha se tornado ainda pior desde quando eu saíra do país três anos antes. Descobri que tirar um passaporte no Brasil custava agora uma pequena fortuna, maneira que o governo militar encontrara de fazer triagem e dificultar saídas indesejadas. Eu me senti prisioneiro, recém-saído de um exílio externo para o exílio dentro do meu próprio país.

Tal evidência não se restringia às repressões do governo militar. Senti também o gosto amargo das recusas em várias editoras que procurei. Havia humilhação nos sermões recebidos, que mal disfarçavam o tom moralista, ao desaprovarem ora a "decadência ideológica" da temática homossexual, ora a falta de "modernidade" na abordagem crua demais, ora através do implacável "não cabe em nossa linha editorial". O ápice dos pretextos idiotas eu ouvi de um editor que consultei por telefone e me respondeu: "Se você for o novo Jorge Amado, pode me procurar". Sem conter a irritação, respondi: "Se já tem um Jorge Amado, pra que dois?". E desliguei.

Eu tinha plena consciência de que meu amor pela literatura se extravasava como expressão do meu modo dissidente de amar. Sim, meu livro continha vários contos de temática abertamente homossexual, algo raro no Brasil de então. Era através dessa ótica que eu observava um país desmantelado por forças políticas irracionais. E confirmava, na pele, o exílio em minha própria terra. Claro que experimentei algum respiro, como o prêmio recebido da revista *Ficção* para outro conto meu no mesmo ano — e a acolhida afetuosa do casal Cícero e Laura Sandroni, entusiasmados com o texto. Ainda mais determinante foi a interferência do Cláudio, que levou os originais à equipe da editora Brasiliense, e foi certamente por seu intermédio que ainda em 1976 consegui publicar meu primeiro livro, *Testamento de Jônatas deixado a David*. Os dados estavam lançados.

Vagas notícias de um começo

Passei a viajar cada vez mais para Jundiaí, onde costumava passar os fins de semana com sua família, o que me trazia paz. Você lembra, meu irmão? Ah, como era bom ver seu rosto radiante ao me pegar de carro na rodoviária, frequentemente acompanhado de suas duas filhas pequenas. Que delícia quando íamos almoçar num restaurante de massas e eu provocava as meninas ao lhes comunicar, com cara de mistério, que precisava ir ao banheiro. Voltava dizendo que tinha ido trocar de estômago, pois o primeiro tinha ficado cheio. Ambas me olhavam desconfiadas. "Como fiz? Fácil, desatarraxei um e parafusei o outro no lugar, está aqui no bolso, lavado e guardado." As duas riam deliciadas: "Ai, tio, como você é bobo, né?". Certa vez, quando tinham sete e nove anos, as meninas voltaram da escola querendo saber o que significava "bicha". Você e Ziza, já donos da Livraria Dom Quixote, deram-lhes exemplos de alguns funcionários bichas, que elas adoravam. As duas pequenas bufaram de surpresa. "Mas tem uma pessoa ainda mais querida que é bicha: o tio João." Elas escancararam a boca e foram embora digerir a revelação. Dias depois, a mais nova veio perguntar candidamente: "Mãe, será que eu também sou bicha?". É claro que as duas continuaram amando o tio João, não é, Cláudio?

Esse tipo de atitude pedagogicamente destemida ficou ainda mais marcado num outro episódio, que me afetava de modo direto. Quando minha peça *Em nome do desejo* se apresentou em temporada nos palcos de São Paulo, você levou as duas filhas já adolescentes para ver o espetáculo, ao contrário da relutância do restante da família, constrangida diante de uma "peça gay". Criou-se um clima de mal-estar. Ao ser advertido do prejuízo de expor as crianças a um espetáculo "adulto" como aquele, você respondeu indignado que educar suas filhas era responsabilidade exclusiva do pai e da mãe delas.

Ah, meu irmão, como você vivia aflito com minha situação financeira sempre periclitante, não é? Acho que lhe dei muitas preocupações. Incontáveis vezes você me "emprestou" dinheiro (que se recusava a receber de volta, dizendo: "Não tenho intenção de ficar rico"). Além disso, recusava cobrar os livros que eu às vezes encomendava à sua livraria. Desde o final da década de 1970 eu vinha escrevendo *Vagas notícias de Melinha Marchiotti*, que seria minha estreia no romance, mas sem condições de me dedicar em tempo integral para terminar a obra. Eu fazia resenhas e traduções de livros, tão mal pagas que já antes do final do mês corria me debruçar sobre novos trabalhos. Certa vez você me fez a proposta: "Esse livro precisa ser terminado. Eu posso financiar". Acho que, um tanto envergonhado, recusei terminantemente, e assim continuei durante meses. Sabia que a Livraria Dom Quixote não era nenhuma mina de ouro e lhe trazia seguidas preocupações. Você insistiu: "Minha situação está melhor do que a sua. Se não for ajudado, você nunca vai terminar seu romance". Através dos meus relatos de fúria e empolgação ao longo dos anos em que escrevia o livro, você tinha absoluto conhecimento do seu teor radical e transgressivo, que oscilava entre o experimental e o pornográfico. Nunca me pediu explicações nem impôs qualquer exigência. Essa sua confiança, para dizer o mínimo, me impressionou tanto que finalmente concordei. Foi um ano de escrita intensa e inspirada, às vezes com alguma interrupção no financiamento, em períodos de crise na livraria. Até ficar pronto em 1981, somaram-se cinco anos de trabalho. Depois foram vários anos mais, entre concursos perdidos e recusas de dez editoras, o que tardou sua publicação. Os editores ora o consideravam "muito grande", ora diziam "não faz o estilo do nosso catálogo" ou que era "difícil demais". Me lembro quando adentrei a sala de uma editora, com uma volumosa cópia xerox nas mãos, e antes de qualquer saudação ouvi o chefe reclamar em voz alta: "Não dá pra cortar não?".

O romance só foi publicado na esteira do relativo sucesso de *Em nome do desejo*, na verdade meu segundo romance, que acabou saindo primeiro graças à interferência decisiva do Herbert Daniel, que então integrava o conselho editorial da Codecri, a mesma editora do famoso tabloide *O Pasquim*. Quanto a *Melinha Marchiotti*, saiu no ano seguinte, 1984. Devo sua publicação à persistência de Edla van Steen, que dirigia uma coleção na editora Global e peitou o desafio, interrompendo o ciclo de rechaços.

Afetos

Cláudio cultivava alguns valores raros. Aponto um deles, que considero crucial. Falo da sua beleza quase hollywoodiana, que atraía olhares de mulheres e homens. Numa sociedade em que a beleza é moeda de troca, nunca vi você se prevalecer dela, meu irmão. Dos homens belos que conheci, você foi dos poucos que não usavam sua beleza de modo cafajeste, leviano ou manipulador. Sim, você sorriria com certo ceticismo ao me ouvir dizer isso. Simplesmente nunca considerou a beleza uma prioridade. Você contextualizava esse fato no lugar exato, sem aumentar nem diminuir. Agia muito melhor do que eu, que me deixo atrair pelo canto de sereia de gente bonita — e saio da empreitada, inevitavelmente, com o olho roxo.

No decorrer da nossa amizade, eu e você compartilhávamos muitos valores que a sedimentavam. Você tinha admiração pela contracultura dos anos 1960, adorava ficar nu dentro de casa, de vez em quando acendia um cigarrinho de maconha para relaxar e se preocupava em ser um patrão justo, promovendo distribuição dos lucros entre os funcionários — mesmo porque sempre militou politicamente na esquerda. Havia sua sensibilidade finíssima, que nos aproximou apesar de tantas diferenças. Você foi meu confidente irrestrito e de longe o heterossexual mais delicado e solidário que passou por minha vida. Chegava a chorar comigo quando eu lhe contava minhas agruras, fossem afetivas ou profissionais. Em momentos particularmente difíceis, você me levou de férias com sua família. Foi assim quando entrei em depressão após a ruptura amorosa devastadora em 1982. Você e Ziza me levaram àquela viagem de barcaça pelo rio São Francisco. Um caudal imenso espelhando a minha solidão.

Após inúmeras tentativas de ir embora, em 1984 eu consegui uma bolsa da prefeitura de Munique, onde passei nove meses. Deixei minhas coisas mais preciosas sob seus cuidados, em Jundiaí. Eram caixas de livros, negativos de fotos do filme *Orgia* e meus diários. Entreguei-lhe os cadernos manuscritos, com o recado: "Leia, se quiser". Sei que eles ficaram ao lado da sua cama. Nunca lhe perguntei o que tinha lido. (Não, eu não tinha medo de lhe abrir a alma, meu irmão.) Trocamos muitas cartas nessa estadia bávara em que senti uma rara felicidade, recolhendo os cacos e olhando a vida de um outro ângulo para, talvez, repensar meu futuro — mesmo porque eu estava entrando nos quarenta anos. Apesar de morar em Feldafing, uma cidadezinha de veraneio, eu estudava alemão no Goethe Institut em Munique, para onde ia diariamente. Por carta, cheguei a lhe fazer advertências jocosas: "Se [você e Ziza] forem aprender alemão, se preparem para se sentirem as pessoas mais burras do mundo. Pois acreditem, pra quem gosta de xadrez e matemática o alemão é um prato cheio. Imaginem que o diabo da língua tem até declinação. Isso sem falar dos verbos compostos: uma parte vai no começo da frase e a outra fica em último lugar, nem que a frase tenha duas linhas; então você tem que pegar o fio da meada, atravessar um labirinto com ele e, se conseguir achar a saída, vai respirar no final da frase, pra compreender o sentido". Eu lhe relatava detalhes que me impressionavam, dos pães integrais maravilhosos e queijos maturados à satisfação de não precisar conferir o troco nos mercados. Contei-lhe do meu namorado alemão, ciumento demais, descrevi o meu apartamento-estúdio no palacete da

Villa Waldberta que a prefeitura disponibilizava para bolsistas. Comentei as minhas pesquisas para um novo romance, *A fé & a lâmina*, sobre imigrantes brasileiros no exterior, que afinal não decolou. Das novas aventuras, mencionei particularmente um vídeo que eu e outros bolsistas fizemos de farra para registrar nossa estadia em Feldafing. Na direção estava Wolfgang Dietrich, uma das grandes revelações da poesia alemã iconoclasta, que se revezava interpretando uma velha meio bruxa. Eu atuava como par de Rebecca Miller, a jovem (então artista plástica) filha do dramaturgo americano Arthur Miller, que também estava na Alemanha acompanhando a realização do filme de Volker Schölendorf baseado em sua peça *A morte do caixeiro-viajante*. E havia muito mais que lhe contei, meu irmão. Lembra quando me expulsaram de uma livraria de mulheres? Eu só estava procurando livros feministas. Aconteceu ainda a recusa, pela Deutsche Welle, de uma peça radiofônica minha por não apresentar "temática brasileira", o que me levou a escrever um artigo indignado: "O Brasil não fica em Marte". Em compensação, foi muito gratificante aquela leitura pública, organizada pelo Goethe Institut numa livraria, de trechos de *Vagas notícias de Melinha Marchiotti* e dos meus diários de Munique traduzidos por seu diretor Robert Hak, que ocupara o mesmo cargo no Instituto Goethe de São Paulo nos primórdios do meu estudo do alemão. Depois, no pior momento do inverno, sofrendo de bursite num ombro e soltando palavrões enquanto tentava me equilibrar sobre as calçadas congeladas e escorregadias de Munique. Eu lhe contava, e lhe contava. Queria que você, meu irmão, soubesse de tudo.

Nos meus momentos de felicidade, sua vida se iluminava. Você torcia por mim, desbragadamente. Havia sua indignação contra o que considerava injustiça e silêncio sobre minha obra. Quando — após tentar por quatro anos — ganhei a Bolsa

Vitae para escrever *Ana em Veneza*, sua alegria não tinha tamanho. Em 1991, durante os três meses que passei na Europa fazendo pesquisas para esse romance, deixei um documento nomeando você meu testamenteiro caso me ocorresse alguma situação extrema. Em busca do seu testemunho e cumplicidade, eu lhe mandava cartas compartilhando notícias em primeira mão sobre as descobertas que fazia, e comentava meu medo de não conseguir levar adiante a empreitada de pesquisar material nas muitas cidades, bibliotecas e museus por onde passava. Aproveitei cada brecha para lhe mandar notícias detalhadas, como se você estivesse ao meu lado. Foi assim que, certa vez, eu lhe escrevi a partir da estação de Zurique e já instalado no trem para Munique — com a mão trêmula de tanto carregar pacotes e malas.

Ainda afetos

Não posso esquecer um fato que define quem era você, meu irmão, e do quanto eu significava para você. Em agosto de 1993, depois de anunciado o prêmio Jabuti para meu romance *O livro do avesso*, eu deveria receber o troféu durante a Bienal do Livro do Rio de Janeiro. Você sabia das agruras até chegar à publicação. Apesar de me empenhar na sua escrita, durante um ano de discussões sobre a morte com meu analista, esse romance tinha resultado em um fiasco editorial ainda antes de vir a público. Um grande editor me pedira espontaneamente para examinar os originais e, ao cabo de meses sem notícias, recusou o livro sob pretexto de que "não estava à altura dos leitores da sua editora", como constava no parecer a mim enviado. A seguir, uma editora mediana, metida numa crise sem solução, segurou os originais por um ano, já sob contrato, que consegui liberar. Após três anos circulando sem rumo, *O livro do avesso* acabou sendo publicado por uma pequena editora quase desconhecida. Silêncio geral da mídia. Em todo o país, tive notícia de apenas uma resenha no Ceará, esculhambando a obra.

Quando fui indicado ao prêmio Jabuti, fiquei surpreso que alguém tivesse lido meu livro. Mais ainda depois que ganhei o prêmio, junto com Rachel de Queiroz. A premiação não oferecia nenhum tostão, só o troféu. Essa falta, crucial para alguém como eu que vive da profissão de escritor, provocava desinteresse da minha parte, além do fato de que tais badalações sempre me pareceram perda de tempo. Cláudio propôs que fôssemos juntos ao Rio de Janeiro para a cerimônia de premiação. Ele queria compartilhar o gostinho de vingança ao me ver desfilando diante do editor cujos leitores eram exigentes demais para romances intrincados como o meu. Insistiu tanto que acabei concordando. Como não havia dinheiro para passagem de avião, fomos de ônibus, numa viagem deliciosa. Sua companhia me deixou alegre e entusiasmado. Falei pelos cotovelos. Cláudio ouvia com a atenção de sempre, sorrindo seu sorriso torto. Chegamos já de noite na rodoviária do Rio de Janeiro, em cima da hora para a premiação. Fomos obrigados a tomar um táxi até o Pavilhão da Bienal, longíssimo — e caríssimo. Cláudio fez questão de bancar tudo. Ostentava um amplo sorriso de felicidade quando me viu voltar com o prêmio, debaixo de palmas. Minha indisposição inicial mudou. Aquele momento levantou meu moral. Pressionado por compromissos na livraria, Cláudio voltou na mesma noite para Jundiaí, radiante com nosso feito. Anoto mais essa. Eu jamais poderia esquecer um gesto tão intenso e solidário, na medida exata do seu amor e generosidade, meu irmão.

Mas havia também suas dores, compartilhadas comigo. Sim, apesar da minha inquietação provocar susto, você confiava em mim. Em 1982, quando eu escrevia *Em nome do desejo*, no Recife, recebi carta sua, de dolorosíssima tristeza, pelo cruzamento de problemas pessoais, familiares e profissionais. Desesperado, você reclamava de não ter ninguém com quem chorar. Fiquei surpreso ao perceber que aquele a quem eu pedia socorro precisava ser socorrido. Eu, que então vivia fantasias suicidas, no auge da depressão por ruptura amorosa recente, respondi a você entre inseguro e orgulhoso por me sentir solicitado, quer dizer, útil — apesar de tudo. Este era o clima:

Meu adorado Cláudio, sua carta tão dolorosa, que quase me fez chorar, me deu forças. Minhas lágrimas, que andam mais fáceis do que nunca (choro em ônibus, na mesa de almoço, na rua, no bar), não saíram. Eu fiquei chocado com a coincidência de nossas dores. Mais: as minhas passaram para plano secundário diante das suas. Queria sim estar aí, mas não importa. Você não tem qualquer motivo para imaginar que não seja você a pessoa mais importante do mundo para mim. Não quero que nada te aconteça, e por isso estou aí. Te adoro incondicionalmente, Cláudio, e isso não dá pra explicar. Tá bom, é péssimo que você não tenha ninguém com quem chorar. Mas, se for esse o único recurso, chore sozinho e se console com meu amor. Sim, eu gostaria de trocar minhas dores com as suas. Sua carta me deu forças porque é preciso ter forças pra dar a você. Peço que você se agarre nos pontinhos de felicidade que, se bem existam, nessas horas ficam apagados na vida da gente. Agarre-se neles. Não se deixe levar pela amargura como um prazer estético. Sei, por experiência própria, como a dor tem um componente narcisista. A gente se dói pra se consolar — pra se amar, enfim. Você está preocupado com suas relações. Isso já é um sintoma de que você não tem errado tanto quanto julga. É uma prova de que considera as relações importantes na vida, um componente básico. A gente nunca sabe exatamente o que está escondido na cabeça dos outros. Então, dá pra compreender seu receio de pisar terrenos conhecidos ou não. Me dê notícias. Eu mando vibrações e muito amor, pra que tudo dê certo. A gente tem que aprender a lamber as feridas, deus do céu. É uma tarefa perfeitamente horrorosa. Mas é parte do resto. Não esqueça que te adoro. Beije Ziza com muito carinho. As duas meninas gostaram do meu cartão? Beijo nelas. Muitos beijos a você e abraços apertados do teu

João (que tem muita saudade!)

Acende-se a luz vermelha

Se existe a dor humana? Basta mergulhar na noite escura de uma epidemia, como aquela da aids. Em meados da década de 1980, o Brasil atingiu o terceiro lugar no mundo em casos de infecção pelo HIV. À medida que pipocavam notícias da chegada do vírus ao país, o pânico se intensificava na comunidade LGBT, o principal segmento vitimado. Até então ainda se falava em um câncer de pele, o chamado sarcoma de Kaposi, graças ao qual se disseminou a alcunha de "câncer gay". Depois, o estigma desabou ainda mais pesado, ao sermos incluídos no genérico "peste gay", que nos classificou sob uma nova lepra moral.

Essa me pareceu a pior parte da epidemia da aids: a doença social que ela suscitou, composta de preconceitos e intolerância moralista, ainda mais assustadora por trazer à tona ondas de ódio subjacentes a um fascismo mal disfarçado. A situação se tornou tenebrosa graças ao terrorismo exercido por amplas áreas conservadoras, que disseminaram a ideia de castigo divino e insuflaram a existência de uma casta social de "novos leprosos". Setores da mídia, de lideranças religiosas e da instituição médica reagiram com ímpetos inquisitoriais. Grassava uma cumplicidade explosiva entre homofobia, fanatismo religioso e autoritarismo científico. Expoentes da medicina vinham a público determinar como as pessoas deviam se beijar para evitar a doença. Médicos inescrupulosos propagavam hipóteses sem fundamento para embasar a necessidade de reprimir a população homossexual, acusada de promiscuidade. Num congresso de patologia clínica em 1985, circulou a tese de que homossexuais em geral seriam portadores "naturais" de imunodeficiência e por isso já estariam predispostos à aids e a doenças venéreas. Hospitais se recusavam a receber doentes que apresentassem sintomas. Jornais noticiavam que, receosos de contaminação, muitos dentistas não mais atendiam homossexuais, e até farmacêuticos estavam se recusando a aplicar injeção em afeminados. Abusos e violência proliferaram por todo o país, atingindo sobretudo pessoas mais visadas, como as travestis. Em cidades do interior, ocorriam casos de cabeleireiros expulsos de suas casas sob pretexto de estarem usando a piscina pública para propagar a doença. Não por acaso, muitos salões de beleza fecharam por falta de clientes.

Um dos expoentes do Brasil conservador, o cardeal arcebispo do Rio de Janeiro, d. Eugênio Salles, usava seu programa radiofônico para conclamar os cristãos a lutar contra a imoralidade. Considerando a aids um raio dos céus para sacudir a "consciência dos indivíduos", concluía com uma clara incitação: "A sociedade seria melhor se houvesse menos covardia dos bons". Radialistas faziam campanha caluniosa contra a "bicharada [que] anda agora com essa peste matando pessoas", como vociferava Afanásio Jazadji num dos programas de maior audiência popular. E continuava: "São um perigo à saúde pública. Se você tomar um cafezinho no bar, numa xícara usada por eles, você irá contrair a doença. Então tem que se isolar esses canalhas. Como anormais que são, devem ficar confinados não sei lá onde". Um dos mais importantes jornais da Bahia ousava ainda mais. Em editorial, lembrava que, na época da peste suína, o Brasil erradicara todos os porcos ameaçados de propagação. E concluía: "Portanto, a solução tem que ser a mesma: erradicação dos elementos que podem transmitir a peste guei". Na TV, não era incomum apresentadores de programas de auditório mencionarem, com horror exagerado, o fato de homossexuais terem vários parceiros sexuais por dia. Até mesmo um jornalista com pretensões intelectuais como Paulo Francis usava sua famosa coluna na grande imprensa para fustigar homossexuais, chegando a pedir intervenção policial para que deixassem de transar, fato que ele entendia como difusão do vírus em si mesmo. Aliás, não era incomum nos noticiários surgirem referências maldosas, quando não caluniosas, a homossexuais publicamente assumidos. Lembro da mágoa que meu amigo Roberto Piva guardou pelo resto da vida após um artigo prenunciando sua morte por aids publicado por um jornalista calhorda, com gosto de vingança, a partir de divergências estéticas.

Para nós homossexuais o problema maior da aids implicava o risco de nosso amor ser banido. E não apenas em nome da saúde pública. Confrontávamos um paradoxo crucial: o próprio amor podia se tornar agente da morte. Os points de pegação guei se esvaziaram e, mesmo quando persistiam, o clima de festa fora substituído por cautela e desconfiança. Objeto especial de denúncias e ameaças, as saunas de frequência homossexual foram fechando. Nas poucas ainda abertas, funcionários supostamente heterossexuais tratavam os clientes com grosseria, quase como marginais. Nas ruas das grandes cidades do Brasil, minguaram aqueles olhares libidinosos antes tão comuns entre desconhecidos. Tinham sido trocados por espreitadelas de susto e suspeita sempre que aparecia alguém com magreza fora do padrão. Ou que tossisse demais. Diante de rostos cadavéricos, pensava-se quase automaticamente em sentença de morte. Vez ou outra, corriam notícias de suicídios. Muitos homossexuais voltavam para o armário, às vezes através de casamentos héteros de fachada. Houve os que buscaram as igrejas, inclusive as mais homofóbicas. Até prazeres banais, como admirar as coxas dos jogadores durante as partidas de futebol, foram cancelados. Em nome dos bons costumes sanitários, os calções curtos e justos de antigamente agora se estendiam até os joelhos dos atletas, cujas pernas vinham cobertas por meias reforçadas para evitar eventuais contatos por sangramento nos jogos.

A cada notícia ou boato sobre mortes de atores e famosos, no Brasil ou no exterior, aumentava o pânico coletivo dentro da comunidade homossexual. Nos meus diários comentei o medo que eu sentia quando o telefone de casa tocava, especialmente em horários estranhos, temendo notícia ruim de mais alguém doente ou morto. Lembro de um antigo namorado que passou a me fazer longas chamadas interurbanas, tarde da noite, para falar, com insistência paranoica, dos seus receios de ter se infectado em transas com parceiros anônimos ou não. Era uma conversa cheia de culpa, deprimente e quase mórbida, pois ele parecia sentir prazer em rebater todas as esperanças que eu lhe passasse. Buscava não apenas reforçar sua autopiedade mas também alguma cumplicidade para descer mais fundo no desespero. Só não entendi por que, nesse jogo, escolhera a mim, após tantos anos de afastamento. Seu medo me era familiar: o sexo como veículo da morte. Anotei tais sensações num conto desse período, "Herói cobrado". Meu personagem — na verdade eu mesmo — toma consciência de uma mudança forçosa no território do desejo:

> Eram farrapos de sonhos o que restava. Mesmo os corpos, esses corpos que lhe arrancavam suspiros de encantamento, agora devia escrutiná-los, a cada vez que os amava, mais e mais distanciados. Via-os passarem diante do mar e sabia que se tornara bem pequena a garganta interior para deglutir sua beleza. Apesar do desejo continuar intenso,

tentava se poupar do desgaste de energia embutido naquela captação estéril. Repetidamente, convencia-se de que havia sim, dentro de si, uma parte do desejo que já morrera e começava a apodrecer. Esse era mais um dos sintomas sinistros da morte: além do sonho, também o desejo agonizava.

Confrontos e tropeços

Posso dizer que eu vivia em permanente "dor da alma", como defini então. Buscando algum consolo, certa vez cheguei a entrar numa igreja, e assim registrei nos meus diários:

> Fico sem saber com quem falar. É indiscutível a minha profunda, arraigada descrença num ser superior. Decido falar comigo mesmo, com meu mistério. Tenho a pavorosa consciência de toda a dor do ser humano. Eu me ponho a reclamar da inutilidade de tanta dor, em tanta gente, diariamente por tantos e tantos séculos. Não é justo que se sofra tanto assim, e em vão. Fico estatelado, sem saber o que fazer com a dor — que estou protagonizando nestes tempos — diante da constatação de que ela é inútil. Tão inútil, afinal, quanto o amor. Chego a lamentar, ou maldizer, a ausência de alguém que administre o sentido da dor.

Apesar de tudo, eu tinha aprendido que, para sobreviver, precisava reagir. Tão logo começou a avalanche de notícias ruins decidi procurar o dr. Umberto Torloni, de quem eu lera, na imprensa, uma das raras entrevistas sensatas sobre aids. Fui encontrá-lo em seu consultório no antigo Hospital do Câncer. Tivemos uma conversa franca e objetiva, sem qualquer sombra de preconceito. Ele, que viera de estágios pesados em hospitais de Miami, não escondia seu alívio em conversar com uma liderança da comunidade homossexual brasileira. Deixou claro, antes de tudo, que não devíamos nos sentir culpados pela doença, uma fatalidade como tantas outras. Mas foi enfático ao propor que a comunidade se preparasse em caráter emergencial para enfrentar o terremoto sanitário que apenas começava. Chegou a me pedir que sugerisse nomes na área de medicina para implantar departamentos de prevenção à aids no serviço público brasileiro. Saí dali tão assustado quanto convencido da necessidade urgente de organizar ações de enfrentamento do vírus.

As lideranças do ativismo homossexual manifestavam diferentes níveis de paralisia perante a aids, outra evidência da onda de terror. Ainda mais desalentadoras foram algumas reações negacionistas de certa parcela, supostamente mais politizada e, por paradoxal que pareça, mais alienada dentro da sua bolha. Lembro de um episódio que me chocou por seu significado em nível pessoal e político. Visando algum tipo de organização conjunta contra a pandemia, procurei lideranças de grupos de ativismo LGBT em São Paulo. Após os rachas dentro do Somos-SP, fui conversar com Néstor P., que estava à frente da parcela do grupo oficialmente incorporado ao PT depois de se instalar em seu diretório do Bixiga. Apesar do distanciamento, por termos ficado em lados opostos, ainda mantínhamos a velha amizade. Depois que lhe relatei a conversa com o dr. Torloni e a gravidade do problema, Néstor deu uma resposta nocauteante pelo tom de frieza e convicção: "Olha, estamos muito ocupados com problemas internos do Somos e não podemos perder tempo com doença de bicha burguesa". Nossa conversa parou aí. O lado macabro e doloroso evidenciou-se anos depois, quando Néstor morreu em consequência da aids.

Mesmo com tais percalços, logrou-se um mínimo de organização estratégica. Arregimentamos um pequeno grupo que se reuniu no prédio da Secretaria de Saúde de São Paulo, então na avenida São Luís, onde discutimos em clima de urgência o que podia ser feito. Dali saiu o primeiro núcleo nacional de enfrentamento à pandemia, sob a batuta da dra. Valéria Petri, uma jovem dermatologista de compreensão e delicadeza gratificantes para nós, candidatos à fogueira. Ainda que a pauta política dos direitos LGBT tivesse emperrado, confesso meu alívio ao constatar que muitos remanescentes do ativismo se dedicaram à organização estratégica dos Gapa (Grupos de Apoio à Prevenção à Aids) e similares pelo país afora. É verdade que foram difíceis as primeiras tentativas de campanha pública contra a pandemia junto à comunidade homossexual. Cito o exemplo do cartaz pioneiro que Darcy Penteado criou para a Secretaria de Saúde e, depois de impresso, acabou barrado pela burocracia. Como tinha um teor positivo e não repressivo, foi acusado de incentivar a prática de sexo. Ainda assim, formamos um grupo para distribuir panfletos nas saunas alertando sobre como evitar a doença. Acabamos expulsos de várias delas, sob pretexto de "estar espantando os clientes".

Do exterior chegavam notícias cada vez mais pessimistas: crescente discriminação anti-homossexual, dificuldade em detectar a origem da imunodeficiência, tentativas vãs de encontrar um tratamento eficiente e, sobretudo, desinteresse de governos e laboratórios em investir no enfrentamento da pandemia — tratando-se de uma doença que se concentrava na população guei. A gente confrontava sensações de temor e paradoxo. Descobrir, por exemplo, que o ator Rock Hudson, uma das referências da beleza viril de Hollywood, sofria de um mal que então afetava sobretudo o segmento homossexual trazia um viés amargo e, ao mesmo tempo, um sentido irônico de que as máscaras estavam caindo. Mas era ainda pior quando sentíamos que nossas próprias referências conceituais desmoronavam. Lembro que, pouco depois do meu aniversário de quarenta anos, ainda na Alemanha, recebi a notícia da morte de Michel Foucault, em junho de 1984, depois de insistentes boatos de que tinha aids. Senti espanto, convertido imediatamente em dor e desamparo, ao me informar que grandes pensadores franceses, muitos dos quais habitavam meu universo intelectual, tentaram ocultar a qualquer custo a aids como sua causa mortis — para "não conspurcar seu legado". Essa negação deliberada (e inaceitável) equivalia a condená-lo a uma morte indigna, como se toda a sua obra abordando os níveis de repressão e paradoxos da sexualidade humana se reduzisse a um passatempo cerebral distante da realidade.

O demônio entre nós

Naquele clima em que se respirava a morte, era quase impossível escapar da constante ansiedade que se propagava pelo ar até a paranoia. Além do rechaço a quem ou a tudo que se pudesse lançar a suspeita de ter aids, aconteciam situações bizarras como formas de defesa, conscientes ou apenas compulsivas. Certa vez, fui visitar meu amigo Caio Fernando Abreu, por razões profissionais, pois participávamos como jurados de um concurso de contos ao lado de Hilda Hilst. Caio parecia estranho, meio desnorteado e alheio. Reclamou de dores lancinantes provocadas por uma crise de herpes-zóster. Quase mecanicamente, despiu a camisa e me mostrou feridas infecciosas que percorriam um caminho de cima a baixo em torno da coluna vertebral. Fiquei chocado com a cena, ao imaginar o nível de dor que ele estaria sentindo. Foi nosso único — e estranho — contato mais pessoal, algo que jamais teria acontecido em circunstâncias normais. Talvez Caio tenha se exposto a mim na tentativa de diluir seu próprio horror ante algo de possível gravidade. Parecia não suspeitar que se tratava de um quadro resultante de baixa imunidade, então muito associada à aids. Ou talvez estivesse dissimulando o pânico em busca de um socorro silencioso, uma palavra de consolo que eu lhe dissesse. Não consegui falar nada. Eu já conhecia outras situações nas quais ele parecia desnorteado por causa do vírus mortal — sem admitir, no entanto.

Como se aquele fosse um prelúdio macabro, pouco tempo depois eu próprio sofri uma séria crise de herpes-zóster.

Pude experimentar então o impacto das mesmas dores sentidas pelo Caio, associadas a uma coceira quase insuportável. Foi quando comecei a pensar seriamente que deveria fazer o teste para detectar o HIV. Mas aí vinha a questão de sempre: qual a utilidade de saber que eu podia estar à beira da morte sem qualquer possibilidade de tratamento efetivo?

Também as chamadas "áreas próximas" precisavam buscar algum tipo de desafogo em cima dos "leprosos" para exorcizar seu pânico, frequentemente provocado por fofocas. Lembro da artista plástica (namorada de um amigo de um amigo) que conseguiu meu telefone e me ligou para perguntar, num tom de voz que não escondia o mau agouro, se era verdade que eu estava com aids. Tive uma reação de defesa ao lhe devolver a questão: "Você nunca me telefonou e de repente quer saber sobre minha saúde? Por quê? O que você está querendo saber sobre si mesma? Se está com aids? Não tenho nada a lhe responder. Melhor resolver de maneira mais adequada a sua ansiedade diante da morte". E desliguei.

No meio da própria população LGBT não raro ocorriam atitudes de escape doentias e até mesmo perversas, que podiam evoluir para o terrorismo psicológico. Fui vítima direta numa dessas circunstâncias. Um conhecido meu era useiro e vezeiro em vinganças assustadoras, que ouvi de sua própria boca. Por exemplo, telefonar dos orelhões públicos para a casa de algum desafeto e comunicar anonimamente à família que o cara "estava com aids". Ele desligava e ria da sua pilantragem. Pois bem, esse mesmo personagem nefasto certa vez se declarou apaixonado por mim, sem que eu retribuísse. Talvez por vingança contra minha rejeição, durante quase dois anos ele atormentou minhas madrugadas com telefonemas anônimos, sem voz, apenas respiração "de alma penada". Fiz diversas tentativas de acoplar um bina ao meu telefone para detectar o número de quem chamava, mas a empresa informou que o uso do aparelho era restrito a áreas policiais e estava proibido ao público em geral por configurar "invasão de privacidade". De vítima eu poderia passar a vilão invasivo. Os assédios não pararam por aí — e foi quando suspeitei que se tratava da mesma pessoa. Pouco depois, minha família recebeu uma carta apócrifa de alguém que se dizia à beira da morte por aids e que afirmava ter me contaminado ou sido contaminado por mim. Junto vinha uma mensagem do diretor do Gapa (grupo de atendimento a soropositivos) advertindo sobre meu estado grave. Quando pedi explicações ao suposto autor do comunicado oficial, sua indignação deixou claro que jamais mandaria uma mensagem tão irresponsável. Ao examinar a carta, ele asseverou que a assinatura forjara grosseiramente a sua.

Tentei desmascarar o responsável, pois sabia que ele tinha uma máquina de escrever com o mesmo tipo de letra. Mas o jogo virou contra mim depois que um amigo inconfidente lhe revelou as minhas suspeitas. Conforme previsto, eu me tornei o vilão. Mais de uma vez o fulano telefonou ameaçando me processar por calúnia e tentativa de incriminá-lo por algo que não fizera. Achei melhor fingir que não percebia o teatro com que ele procurava apagar seus rastros abomináveis. O certo é que os telefonemas e as cartas anônimas cessaram.

O avesso da morte

Ainda no final dos anos 1980, o impacto da aids me levou a buscar ajuda terapêutica com o Jayme Roitman, um profissional de admirável generosidade que me atendera anos antes, durante uma grande crise amorosa. Meu propósito deliberado era "aprender a andar de mãos dadas com a morte", ou seja, inserir na minha vida esse dado inescapável, ainda que assustador, da trajetória humana. Penso que eu alimentava a pretensão de encarar a morte com alguma naturalidade, como um detalhe da vida. Após mais de um ano de trabalho longo e intenso, o Jayme comunicou: "Eu não tenho mais nada pra te dizer, então vou te mandar para o dr. Quintanilha, meu analista". Aceitei a empreitada e fui fazer uma sessão com ele. Eu me vi diante de um homem alto e encorpado, que usava uma bengala, já nos seus oitenta e tantos anos, quase cego. Já cheguei dizendo, em mal disfarçado tom de cobrança: "Olha, eu quero entender melhor a morte, porque acho uma maravilha que Santa Teresa d'Ávila tivesse um conceito de morte subversivo em suas buscas místicas". E fiz um longo preâmbulo de discípulo bem aplicado. Gato escaldado, ele me ouviu em silêncio e respondeu brandindo o melhor do seu tacape gestáltico:

"Veja, João, seu pai e sua mãe já morreram, seus irmãos e seus amigos vão morrer, assim como seus filhos e os filhos deles. Daqui a cem anos, você e os seus contemporâneos terão desaparecido. Não há o que perguntar nem responder. Não existe salvação possível da morte porque não há do que se salvar. A morte é fato integrante da vida e como tal tem que ser aceita. Aprender a viver implica *aprender a morrer*. Tendo clareza disso você estará mais próximo do mistério da morte, e nem precisa de Santa Teresa. Portanto, volte pra casa, porque você já está cumprindo a tarefa de conviver com a inevitabilidade da morte. Tenha certeza de que você nunca vai encontrar uma resposta que não existe."

Entre perplexo e aflito pela estocada da sua resposta, voltei ao meu analista e comentei ter me sentido rejeitado. Com enorme paciência, Jayme conseguiu um novo encontro com o dr. Quintanilha. O velho analista repetiu tudo o que dissera antes e asseverou que gostaria de estar totalmente presente quando a morte chegasse. Para meu espanto, explicou: "Não quero que desliguem os aparelhos, pretendo estar com ela até o fim". Talvez na tentativa de me defender, acabei voltando à mesma verborragia sobre a morte. Quando me dei conta, o dr. Quintanilha dormia na minha frente, sem pudor. Engoli em seco. Ele acordou, eu lhe agradeci. E fui embora convicto de que explicar o inexplicável dá sono. A morte estivera sempre comigo, desde quando nasci. E estará, como parceira, até o fim. Ainda que não seja fácil conviver com ela.

O impacto desse período riquíssimo em descobertas ficou registrado de modo especial num novo romance que fui escrevendo durante o processo analítico. Meu irmão Antoninho e minha cunhada Lena me ajudaram financeiramente durante os nove meses de dedicação total à escrita. Chama-se *O livro do avesso*, uma espécie de romance-ensaio que inter-relaciona duas narrativas subsequentes, marcadas não apenas por uma ruptura estrutural mas por uma guinada na própria compreensão do processo literário — daí o elemento ensaístico como parte da trama. A primeira parte vai até a metade do volume, um falso romance policial em torno das peripécias malucas de um poeta fracassado que não consegue escrever o final de um poema por ele julgado sua obra-prima. Para ler a segunda parte, o volume precisa ser virado ao contrário e se torna *o avesso do livro*, quando então o protagonista da primeira narrativa, de nome Orozimbo, toma o poder dentro do romance — e me torna seu personagem. Na época eu andava fascinado pela questão da intertextualidade, que ainda podia ser confundida com plágio. No caso, a mim importava sobremaneira abordar a ideia fascinante do Duplo embutida na suposta apropriação. Além de fazer uma digressão provocadora sobre a possibilidade do plágio ser melhor do que o original, eu discutia ali a abrangência identitária, no sentido de contestar as fronteiras entre subjetividade e alteridade.

A questão começava com a introdução do protagonista como segundo autor e se desdobrava até abordar os limites entre vida e morte. O autor-personagem Orozimbo se considerava humilhado na primeira parte do romance e queria se vingar de mim me acusando de ter escrito o livro à base de plágios recorrentes. De fato, eu estava experimentando a releitura de vários autores, inclusive do cinema. Na primeira parte até roubei uma cena de um filme do Hitchcock, de grande impacto dramático na minha narrativa. No avesso do livro, Orozimbo vai até a minha biblioteca e convoca uma assembleia com os meus escritores prediletos visando denunciar o autor João Silvério Trevisan como plagiário. Para seu horror, durante a assembleia ele descobre que todos os escritores convocados admitem que plagiavam, aí incluindo diretores de cinema. Glauber Rocha, por exemplo, diz: "Eu não seria ninguém sem o Eisenstein, eu chupei muita coisa dele, eu devo muito a ele". Ante o fiasco da sua denúncia, o enraivecido Orozimbo me empurra do alto do edifício onde nos encontramos e eu só não despenco porque consigo me segurar nos tijolos do beiral. Enquanto ele pisa nas minhas mãos, o escritor argentino Jorge Luis Borges aparece e lhe entrega uma pomba, dizendo: "Meu caro, como você está plagiando uma cena do filme *Blade Runner*, só faltou esta pomba". Flagrado, Orozimbo explode num choro incontido de desgosto e desencanto. Chora tão intensamente que acaba se dissolvendo em suas próprias lágrimas e desaparece. O romance termina com meu lamento ao perder o personagem que me significa, e quando some leva consigo o meu sentido como escritor.

Depois de escrever o final, resolvi fazer uma pequena introdução, que na verdade continuava o debate do romance. Queria explicar que eu tinha mergulhado no mais fundo de mim ao elaborar o livro. Eis, no entanto, o que escrevi:

> Ao realizar esse mergulho, o Autor se assusta. No fundo de si mesmo, no seu Santo dos Santos, está instalado um desconhecido. O Outro. O Autor não sabe que do mundo só vemos as costas: o Outro é a parte de trás de si mesmo. Quando, então, o Autor poderá se ver frente a frente e desvelar seu próprio rosto? Talvez nunca. Talvez não convenha. O Autor precisa aprender a se olhar ao espelho e ver aí refletido o Outro. Contemplar a si mesmo seria, afinal, tão insuportável quanto descobrir a face de Deus.

Quando li a minha introdução, entrei em pânico. Corri para o meu terapeuta: "Jayme, acho que eu pirei, descobri que tem um alienígena dentro de mim". Tratava-se tão somente disso: o meu Eu mais genuíno era alheio a mim, tornara-se o Outro. Daí advinha a consciência do exílio profundíssimo do Eu diluído no Outro. Em última análise, chegava à consciência da morte como o maior dos exílios, a grande Alteridade. O exercício intertextual (o plágio denunciado por Orozimbo) configurava um embate contra a morte e, ao mesmo tempo, uma apropriação em diálogo com a morte, com esse Outro absoluto que, ao negar o meu Eu, habita o mais profundo de mim. A arte em geral e a literatura em particular embutem no seu âmago o Outro: os nossos grandes amores poéticos, os livros que lemos, as obras que nos povoaram criam um amálgama caótico de influências que constituem quase uma continuidade do que amamos e, no limite, do que somos. Aquilo que Orozimbo entendia como plágio implica, na verdade, a própria história da literatura como antropofagia de releituras de releituras sem fim. Quer dizer, nas autorias literárias já está embutido o Outro, que caracteriza o exílio da literatura e a impõe como construção de exílio. Para ser mais exato, eu deveria dizer que toda obra de arte é necessariamente uma obra de exílio, já que estamos sempre envolvidos numa corrente criativa de reciclagens, por mais que acreditemos inventar. Como propus depois no romance *Ana em Veneza*, trata-se de um mesmo estandarte rubro-rubro da Poesia que passa de mão em mão através dos séculos.

Talvez impulsionado pela invasão de uma nova peste que nos negava com grande alarde, *O livro do avesso* marcou uma guinada no meu modo de olhar a vida.

Au secours, Balthazar

Pois era assim: eu emitia gritos em todas as direções para não soçobrar. Pedia socorro a meu modo. Isso eu tinha aprendido. A externar a minha dor, fosse através do choro, fosse através do encantamento poético ou das longas conversas com amigos e mesmo gente que pudesse ocupar o posto da amizade, no caso dos terapeutas. Até os meus sonhos funcionavam como instrumentos de ajuda quando eu os anotava, de modo quase sistemático, buscando interpretar sintomas emitidos pelo meu inconsciente. Não havia vaidade que resistisse à urgência de identificar a dor nos meus pedidos de socorro. Eu berrava o seu nome em todos os quadrantes.

Curiosamente, mesmo quando comecei a fazer palestras, eu continuava pedindo socorro, em busca de interlocução para me sentir menos só. Lembro de uma mesa de que participei na Faculdade de Psicologia da USP, em julho de 1990, minha primeira apresentação para uma plateia universitária, na companhia de nomes referenciais em psicanálise e mitologia — entre os cinco da mesa, estava um conhecido tradutor e especialista em mitologia grega. Todos falaram antes de mim e estouraram seu tempo. Eu me sentia quase em pânico diante do público exausto que tinha me sobrado. Mas temia também pelo teor do que ia abordar: a loucura e a arte como ensaios para compreender a morte. Pretendia equacionar a questão do morrer como jamais ousara antes, em desdobramento às ideias do dr. Quintanilha.

Na palestra, mencionei como o medo ante o fim da vida é tão grande que "o ser humano vive se preparando, ainda que sem se dar conta, para o grande momento de morrer". Num esforço de acomodação através de "fantasias e experimentações" de toda ordem, esses seriam ensaios para a morte. Citei como exemplos as festas funerárias do Día de Muertos (o Finados mexicano) e a explosão erótica do Carnaval brasileiro, que carrega sinais tanáticos ambíguos — as "mortalhas" de Salvador e as "alminhas" do Recife, entre outros. Essa ambiguidade emerge até mesmo no orgasmo, quando chegamos ao ápice do gozo vital emitindo contrações faciais que remetem aos esgares da morte — o que configura *la petite mort* dos franceses. E a arte, como participa desses ensaios?

Mais do que qualquer outra experiência humana, a criação artística reinterpreta duas grandes experiências do morrer: carrega um gesto de amor radical a partir do nada e transfigura os demônios interiores que atormentam quem cria. Pois bem, quando me emociono ouvindo a música de Bach ou Mozart, minha experiência poética atualiza as emoções que levaram Bach e Mozart a criar sua música há mais de dois séculos. Através da poesia que produziram eles encontraram com certeza sua melhor maneira de se imortalizar, ou seja, de superar a morte. Da minha parte, ao revisitá-los de modo tão pessoal, eu os comungo como parte de mim. Então ocorre um duplo milagre: meu eu comunga Bach e Mozart. Mas também Bach e Mozart realizam sua imortalidade através de mim — um ser miseravelmente efêmero. Com sua experiência de imortalidade, a criação poética fantasia a superação da morte. Ao inaugurar um novo mundo em que a fantasia transforma a realidade, o artista reinaugura a vida. Transmitida ao leitor, ouvinte ou espectador, tal forma de vida renovada cria uma implicação mágica de reinvenção do mundo. "Nesse sentido, a criação poética *enfrenta* a morte. E é talvez a única experiência humana capaz de tal façanha." Em resumo, nossas "exercitações no morrer" acabam se firmando como "experiências de eternidade". Terminada a palestra, um número razoável de pessoas da plateia veio até a mesa para me abraçar, muitas com os olhos cheios de lágrimas. Não sei se para elas, mas para mim aquele dia significou, com certeza, uma grande aquisição interior. Presente no auditório, minha irmã veio me perguntar, entre surpresa e assustada, o que eu tinha feito para as pessoas se comoverem. Eu gritara por socorro, e elas repercutiram a minha dor.

Deliberadamente, meus pedidos de socorro se dirigiam àquela multidão visionária que me precedeu carregando "o estandarte rubro-rubro da poesia". Gente assim pode ser encontrada em toda parte. No cinema, inclusive. Um diretor como o francês Robert Bresson me socorreu mais de uma vez com sua poesia visceral. Sempre que assisto ao seu filme *Au hasard Balthazar*, começo a chorar de encantamento já nos letreiros dessa obra-prima ao som da Sonata para piano nº 20, de Franz Schubert, na trilha sonora. Por que Bresson escolheu essa peça? Para pedir socorro a Schubert, que no seu tempo tinha pedido socorro a Beethoven e outros predecessores. A narrativa bressoniana parte do nascimento de Balthazar, um mero burrico (tão adequadamente chamado de jegue no Nordeste brasileiro). E acompanha sua vida, que vai sofrendo as dores humanas resultantes do desamparo e da maldade. Seja diante de um estupro, seja recebendo chibatadas de um bêbado, seja passando fome enquanto trabalha, seja abandonado na velhice, os zurros de Balthazar expressam o mais genuíno pedido de socorro em meio ao espetáculo da dor. No final, sua subida aos Pireneus, carregado de produtos contrabandeados, mimetiza a marcha mítica ao calvário para purgar os pecados humanos. Ferido em meio ao tiroteio entre os contrabandistas e a polícia, Balthazar morre em silêncio. Mesmo que seu sacrifício pareça insignificante, o burrico é acolhido por um rebanho de ovelhas que o cerca com seus cincerros a badalar, como se uma legião de anjos o glorificasse. Pictoricamente, no mais primoroso preto e branco, o rebanho iluminado que cerca a mancha escura do burrico morto constitui, a meu ver, uma das cenas mais tocantes da história do cinema.

Robert Bresson escolheu um burrico inocente para expressar a dimensão do desamparo que a humanidade conhece tão bem. Se Balthazar parece ocupar o lugar de um salvador, remetendo obviamente à mitologia bíblica do sacrifício de Jesus, sua naturalidade animal é impotente para redimir os tropeços da nossa animalidade racional. Balthazar está ali para testemunhar com zurros o drama insolúvel da condição humana. Como o olho impassível de Deus, ele observa tudo sem precisar compreender. Nos closes bressonianos do seu olhar, o burrico sugere misericórdia frente à humanidade, cuja impotência torna o fenômeno humano uma cópia corrompida do fenômeno divino. Ver *A grande testemunha*, título brasileiro desse filme de Robert Bresson, permite uma compreensão poética do nosso desamparo. Eu o revi várias vezes. Desde a primeira, descobri que Balthazar era eu, e seus zurros eram meus.

Eis-me aqui

Implica alguma dose de ironia o fato de que, no período da aids, comecei muito cedo a usar camisinha como complemento sexual obrigatório e sistemático. Além de caro, o produto não era encontrado com facilidade, nem mesmo nas farmácias, onde ficava meio escondido — entre a discrição e o moralismo. Afinal, na mentalidade católica e provinciana do Brasil, a camisinha supunha o estigma da contracepção e, mais ainda, da pornografia. Eu carregava pelo menos uma na carteira. Logo aprendi a usá-la também como recurso erótico com um viés deliciosamente fetichista quando apareceram camisinhas em diferentes cores, o que acrescentava diversão extra nas transas. Lembro do susto que um parceiro levou quando tirei a roupa para transar e expus uma rara espécie de orquídea no meio das pernas.

Nesse contexto, pode parecer paradoxal que eu tenha me infectado com o vírus HIV. É provável que tenha acontecido com um amigo, na casa de quem fui dormir enquanto procurava um novo apartamento para alugar no início de 1986. Estávamos na mesma cama e não usei preservativo numa transa inesperada. Por um lado, eu me encontava num momento de grande fragilização psicológica, sem ter onde morar. Por outro, meu amigo se debatia numa crise crescente de alcoolismo, o que o tornava bastante irresponsável, já que não comunicou a ninguém a suspeita de que estaria infectado. Talvez ele já soubesse quando transamos, mas se negou por um bom tempo a encarar os fatos. Alcoolizado, gostava de dizer que, uma vez passada a crise da aids, sairia pelas ruas do centro de São Paulo com o pinto numa mão e o cu na outra gritando "Quem quer? Quem quer?". E ria de maneira desbragada.

Algum tempo depois nós nos descobrimos interessados no mesmo cara, um ator brasileiro que atuara num grupo londrino de mímica, dança e teatro. De fato, meu amigo já se adiantara na abordagem, a ponto de conquistar um incerto posto de "namorado". Eu fiquei na contemplação platônica e no encantamento afetivo em relação ao ator, uma figura ímpar pela conjunção de beleza física, doçura no olhar e certa aura de pacificação interior que o tornava francamente fascinante. Guardo até hoje um presente seu: um pequeno leque usado por ele no espetáculo de dança/mímica *Duende*, baseado em García Lorca e dirigido por Lindsay Kemp. Apaixonado, meu amigo alcoólatra parecia saber que esse ator já estava com aids e tinha voltado ao Brasil para morrer, o que aconteceu algum tempo depois.

Já vivíamos em plena temporada de pânico com as mortes ao redor, por vezes até de namorados. No final dos anos 1980 vivi um episódio assim. Eu me engajara num namoro circunstancial, sem grande entusiasmo, com algum objetivo de minorar a solidão. Era um rapaz gentil mas travado, com pretensões intelectuais que podiam levá-lo a sair da transa morna e mergulhar, por horas, na leitura de uma revista cultural enquanto fumava. O relacionamento durou pouco, é óbvio. Tempos depois, ouvi boatos de que ele estaria "doente da maldita" — eufemismo genérico mas suficiente para passar o recado. Apesar do meu uso regular da camisinha, ocorreu uma circunstância de mistério que intensificou a minha inquietação. Certa vez, uma amiga dele me procurou. Conhecida por estudar e praticar bruxaria, costumava cercar-se de jovens gueis a quem parecia ajudar com um toque maternal — ou quem sabe mais. Foi nesse clima que a recebi, logo de manhã. De modo afetado e grave, ela comunicou que meu antigo namorado estava morrendo. Não deu muitos detalhes. Pediu para usar o banheiro e lá se trancou por um tempo que me pareceu incompreensivelmente demorado. Depois disso, foi embora sem maiores explicações. Pareceu-me ter deixado um cheiro estranho de incenso. Eu me perguntava se ela teria vindo para me proteger, para proteger meu ex-namorado ou apenas para se purgar com algum ritual que precisava ser feito na minha casa. Intrigado e paranoico, vasculhei todo o banheiro e examinei alguns vasos com plantas, à procura de algum objeto estranho que ela pudesse ter deixado escondido. Nada encontrei. Ali, a única certeza era que se deveria desconfiar cada vez mais das pessoas. Cada um por si… e Deus contra todos.

Digamos que havia motivos reais, além dos imaginários. Afinal, o clima de paranoia interessava a muita gente para engrossar o caldo do terrorismo social e tirar proveito. Em abril de 1989, viu-se um exemplo asqueroso desse oportunismo: a capa da revista *Veja* estampava o rosto desfigurado de Cazuza e a frase UMA VÍTIMA DA AIDS AGONIZA EM PRAÇA PÚBLICA. A doença que acometera o belo e rebelde cantor, assumidamente homossexual, tornava-se uma metáfora do castigo merecido, como se Cazuza carregasse a marca do "pecado". A crueza da manchete implicava a advertência: "É aí que vocês vão chegar". Com uma condenação antecipada, aquela capa o sentenciava à morte, que aconteceria mais de um ano depois. A perversidade ficava ainda mais explícita na matéria, em que a vida íntima do cantor era exposta de maneira sensacionalista. Aquela reportagem gerou revolta em vários setores da sociedade, inclusive da própria mídia. E deixou marcas.

Definitivamente, positivo

Recém-chegado da viagem de três meses à Europa, aonde tinha ido fazer pesquisas para a escrita de *Ana em Veneza*, eu me sentia exaurido de tanto trabalho e atormentado por uma paixão (ah, mais uma) que resultou em nada. Fato emblemático desse clima de urgência e pressão, até as anotações nos meus diários do período foram escritas à mão, apressadamente, em papéis apanhados a esmo, sem tempo de usar nem a máquina de escrever nem o computador rudimentar de então. Tudo culminou num surto de herpes-zóster nas costas, sintoma assustador de queda imunológica e de alarme sobre aids. Além da fraqueza extrema, eu sofria dores específicas das feridas e outras no corpo todo, às quais se somavam ardências e coceiras no processo de cicatrização. Foram muitas semanas de incômodo, durante as quais passei noites maldormidas. O dermatologista requereu uma solicitação de exame para HIV. Meus medos e inseguranças de fazer o teste entraram em ebulição. Sonhei várias vezes com meu apartamento invadido por desconhecidos, que armavam leitos por toda parte e dormiam até na minha própria cama.

A ideia da morte me assombrava. Ao meu medo se juntava o anseio desesperado, e distante, de poder morrer em paz. Evitei comentar com meus irmãos e amigos para não os assustar antes da hora. Assim relatei no meu diário, aos garranchos, como trapos de um mendicante sem rumo:

No meio da solidão das minhas noites e dias arrastados, passei a conversar com minha finada mãe. Conversas longas, profundas e às vezes comovidas. Não sinto autopiedade. Apenas medo de ter pânico e sofrer demais. Então peço a ela apenas que me dê forças e coragem para enfrentar o que virá. Depois de muito procurar, achei uma terapeuta que me agrada e é financeiramente acessível. Ainda não consigo ir fazer o exame, nem ter um projeto muito claro. Decidi que vou fazê-lo logo. Mas não sei quando. Pois tenho medo de como vou reagir.

(Mais tarde.) Comento com a terapeuta a questão do bode expiatório. Ela acha uma descoberta importante. Que é preciso deixar de carregar minhas culpas e as dos outros. Que é preciso me perdoar absolutamente. Eu sei o que isso quer dizer: minha irritação de ontem ia sobretudo contra mim mesmo. Eu me julgava todo errado, equivocado.

Alguns meses depois, consegui forças para fazer o teste. Nas notas do meu diário:

Meus irmãos foram além das minhas suposições mais otimistas, em matéria de apoio e demonstração de amor, quando lhes comuniquei que estava esperando o resultado do teste e que havia muita chance de que eu estivesse infectado com o vírus. Ainda assim, a descoberta foi conturbada. Para poupar a família, obviamente assustada, peço a uma amiga psicóloga para me acompanhar. Logo no começo da consulta, antes de me revelar o resultado do teste, o médico pergunta qual seria minha expectativa. Não tenho como lhe dar outra resposta: “Mesmo não gostando, acho que o resultado é positivo”.

Era 1992 e eu tinha quarenta e oito anos quando descobri que entrara na fila da morte, contaminado que estava pelo vírus HIV. Ao dar a notícia para o Cláudio, num telefonema doloroso, senti do outro lado um silêncio tão intenso e pesado como se ele tivesse sumido. Perguntei, sem obter resposta, se estava bem. Você se lembra, meu irmão? Não sei se minha percepção foi equivocada, mas por alguns instantes me pareceu que você tinha desmaiado, enquanto eu sentia uma corrente mágica de efeito bumerangue: o impacto da notícia que lhe dei se voltou contra mim pela linha do aparelho. Senti as pernas bambearem e minhas energias serem sugadas, como se você, em seu desamparo, se agarrasse a mim, o afogado, buscando sua última esperança de não submergir. Pedíamos socorro um ao outro, ambos tomados pelo abismo da dor. Só depois de baixada a poeira os quatro irmãos nos encontramos para discutir o grande dilema: revelo ou não meu HIV publicamente? Enquanto eu tendo a revelar, eles se opõem. Ali se instaura o embate: seguir o exemplo de Herbert Daniel versus minha família aterrorizada pelo possível massacre do estigma. No final, em concordância com eles, prevaleceu minha redobrada experiência de estigmatizado. Decidi comunicar apenas a quem interessava, ou seja, às pessoas importantes da minha vida.

Em cena: a Confraria da Dor

Talvez não tenha sido a primeira vez, mas certamente foi quando experimentei em profundidade a força anônima e solidária da Confraria da Dor, mesmo que desarticulada. Tudo começou com a via-crúcis após fazer o exame de controle do HIV, que constatou o nível baixíssimo dos meus glóbulos de defesa CD4 e CD8. O resultado acusava a presença avançada do vírus no meu organismo, sinal de que eu já começava a rolar o barranco até o fundo do abismo da morte. Como eu estava vulnerável demais, o médico do Centro de Referência de Aids receitou uso imediato de AZT junto com Bactrim para evitar a pneumonia provocada por *Pneumocystis carinii*, uma das doenças oportunistas provocadas pela imunodeficiência adquirida através do HIV. Tratava-se então da única (e suposta) alternativa para conter a proliferação do vírus no organismo.

Naquele final do ano de 1992, ninguém sabia ao certo o que fazer com minha doença, nem mesmo eu. Meu irmão Antoninho me levou com sua família para passar o Réveillon em Jericoacoara, no Ceará. Instaurou-se ali o cenário ideal para viver intensamente a consciência da minha condenação à morte. Passei todo o período tomando essa medicação dupla, tão explosiva que meu estômago parecia em carne viva. Vômitos contínuos, perda de apetite, desencanto total. Eu me sentia percorrendo algo como o território da noite escura que precedia o desenlace fatal. Na tentativa de encarar a morte com alguma paz, fazia caminhadas solitárias, no final da tarde, pelas belíssimas dunas locais, quando a areia já estava mais fresca. Eu sentia imenso encantamento ao encontrar cajueiros que brotavam no meio do areal, exalando sinais de resistência.

Dentro de mim, desenrolava-se uma luta inglória para chegar a alguma equação interior parecida com a iluminação, mas a busca se mostrava inútil. Encontrei inesperado alívio na companhia da garota M., cadeirante que sofria de cegueira e paralisia desde o nascimento, provocadas por um acidente no parto. Sobrinha de minha cunhada Lena, M. viera conosco para Jericoacoara e passava suas horas com a avó e o pai. Ao saber que ela gostava de espanhol, comecei a lhe ensinar. Muito inteligente, M. ria encantada ao repetir as palavras, não sem algum esforço. Batia palmas enquanto cantávamos juntos uma antiga canção mexicana em que eu substituía "Adelita" pelo seu nome. M. sentia uma felicidade sem tamanho ao ser homenageada. Seu sorriso e os olhinhos brilhantes sempre que eu estava perto expressavam a dimensão do seu amor por mim. Às vezes passava a mão no meu rosto para adivinhar meus traços. Como recurso derradeiro de sobrevivência, eu anotava as situações por mim vividas para um projeto de conto que chamei de "Herói cobrado". Aí, a menina M. passou a ter o mesmo nome da canção mexicana:

> Para ele, a presença de Adélia ia crescendo a cada dia. Além de ser a criatura mais diferente do grupo — e, portanto, mais próxima do estranho no ninho que ele se sentia ali —, não se tratava apenas da sua penosa deficiência física. Aos poucos, uma evidência chamou-lhe a atenção. No seu comportamento, Adélia alternava atitudes muito adultas e reações bastante infantis. A maneira como brincava com o pai, chegando a imitar a vozinha de um bebê, contrastava com seu vocabulário muito rico e sofisticado. Só bem tarde ele

foi perceber que o que parecia infantilidade era expressão de uma intensidade extrema perante as coisas — porque cada coisa tinha para ela um valor em si, graças aos seus meios tão reduzidos de captação e expressão. Assim também era a maneira clara e direta com que manifestava seus sentimentos. No grupo todo, Adélia se sobressaía sem dúvida como a mais transparente, aquela que melhor sabia se relacionar com suas emoções. No dia em que caiu da cadeira, por exemplo, seu choro foi total. Chorou praticamente toda a tarde, até adormecer nos braços do pai, dentro da rede. De olhos estatelados no escuro do quarto, onde se trancou, ele — o infectado — percebeu que aquele choro implicava uma fragilidade real: bastava um pequeno descuido para que Adélia se perdesse. A percepção desse desamparo em estado puro manifestava-se num choro tão legítimo que ele próprio não aguentou: ali, trancado no quarto, chorou sobre a fragilidade irremediável do mundo de Adelita.

M. nunca soube que foi meu esteio ao criar um espaço iluminado, mais do que solidário, onde eu encontrava refúgio para minha dor. Naquele final de ano disruptivo, talvez sua deficiência espelhasse a versão mais exata do meu exílio a caminho da morte. Vitimada pela paralisia cerebral, que desde o nascimento a arremessara num mundo à parte, aquela garota era a única que podia oferecer legítima empatia à minha desvairada busca de sentido. Ela se debatia no território do mistério que eu também habitava. Suspeito que M. e eu integrávamos a mesma Confraria da Dor.

O desejo na encruzilhada

Eu sofria intensamente, a ponto de mergulhar em frequentes crises depressivas, sempre que alguém da minha intimidade denotava medo de mim. Ou quando eu suspeitava que estavam me segregando, mesmo num gesto inadvertido de defesa ante o perigo. Mas a paranoia não se restringia aos gestos alheios. Eu próprio vivia um intenso — e quase permanente — tormento por receio de infectar alguém. Assim me sentia ao me dar conta de que deixara sobre a pia, sem lavar, um copo que acabara de usar. E se uma criança tomasse água nele? Sofria mesmo sabendo que não havia possibilidade de transmissão nessas condições. Mas foi nas primeiras e titubeantes transas após saber da infecção que meu tormento atingia o pico, espremido entre o desejo e a culpa. No mesmo conto "Herói cobrado", inseri esta cena real:

> Lembrou-se da última vez que tinha transado. O rapaz era jovem, belo, cheirava um pouco a bebida alcoólica e estava mesmo voraz. Pouco antes de gozarem ele tentou conter os ímpetos do jovem, para que seus toques não ultrapassassem nenhum limite e o expusessem a uma contaminação. Mas o parceiro parecia estar no cio, de tal modo que o encontro amoroso teve lances mais parecidos com uma luta. Não adiantou tentar impedir. Quando ele finalmente gozou, com jatos longos, o rapaz meteu a mão, interceptou o seu sumo e levou a mão à boca, para degustá-lo enquanto ele

> próprio ejaculava. Mesmo não se considerando responsável pelo gesto do rapaz, ele ficou aterrorizado. Saiu dali com ânsia de vômito ante a ideia insuportável de que seu esperma contaminara um jovem doce e adorável. Correu para casa tropeçando. Naquela noite quase não dormiu ante a evidência medonha de que era um homem perigoso, podia matar. Sim, foi o que mais doeu, entre as tantas dores recentes: perceber que se tornara portador da morte.

Naquele período de descoberta de quem era meu novo ser-da-morte, eu me sentia um cacófato ambulante, do mesmo modo como o hino nacional, nosso popular "Virundum", acolhera esse verso infeliz — mas não o único — que, tão somente por desvio ou engano de sentido, transformava um "heroico brado" em falso herói cobrado. No mais, tal desfoque acabava revelando, por força da sincronicidade, o legítimo significado do drama que ali se desenrolava. Eu me resumia a um duvidoso herói tocado por uma revelação que poderia ser estupenda, não resultasse tão paralisante. Ainda assim, busquei algum ar respirável ensaiando encontrar o som da alma. Algumas vezes funcionou, ainda que de modo efêmero, tal como narrei naquelas mesmas anotações para o conto "Herói cobrado":

> Caminhou devagar para seu quarto. Sentou-se à beira da cama. Longamente, sem saber que gesto faria para dar sentido. Assim, sem mais, começou a conversar e, indefinido, pronunciou uma palavra mágica:
>
> — Vírus!
>
> Era também um chamamento ao seu vírus mortal, já tão integrante de si mesmo que não sabia mais onde terminava o território do seu corpo e onde começava o território

do vírus. Falava com ele como seu interlocutor mais íntimo, aquele bichinho secreto e invisível que o habitava em todos os irremediáveis quadrantes do sangue, dos órgãos e da pele. De modo que ele corrigiu, mais definitivo, mais enfático, como se invocasse seu confidente, seu parceiro, seu igual:

— Meu vírus! — E em tom de confidência, perguntou: — Como será a travessia?

Abaixou a cabeça, olhando para nada, antes de pedir:

— Faça com que não doa demais.

A dor como mal-entendido

Por quarenta longos dias continuei tomando a combinação bombástica de AZT e Bactrim, com todos os seus efeitos nefastos. Nesse meio-tempo, veio a notícia: minha cunhada Lena, mulher do Toninho, estava grávida. Marcado para morrer, senti encantamento ante um fato corriqueiro que aquelas circunstâncias tornavam especial: uma nova vida surgia. Do meu diário de 1993, recolho:

> Nunca fui do tipo que cultua essa história de "sangue do meu sangue", coisa que acho infantiloide — pois afinal tudo o que é humano é meu irmão na solidão, na perplexidade e na dor, inexplicáveis. Mas acho que não se trata disso. A descoberta da (inesperada) gravidez da Lena ocorreu em janeiro, logo após meu teste para o vírus da aids ter sido confirmado como positivo, em dezembro de 92. Eu me debatia com o anúncio dessa novidade que me apontava o caminho da morte. Então, ao mesmo tempo, tive que me confrontar com a ideia de que ainda havia vida além de mim e o mundo continuaria sem mim. Ali bem perto a história estava começando outra vez, com o surgimento imprevisto desse bebê. Intuí que havia uma mensagem muito forte nessa coincidência. E, sem entender totalmente, decidi pedir a Lena e Toninho que eu fosse o padrinho. Pedi com medo, pois isso poderia significar que vou ser um padrinho por tempo limitado, quer dizer,

um pequeno e efêmero padrinho. Lena e Toninho ficaram contentes e toparam na hora.

Ao voltar do Ceará para São Paulo, uma amiga indicou o dr. Adauto Castelo Filho, um infectologista (por sinal, cearense) com quem comecei a me tratar. De imediato ele pediu que eu repetisse o exame num laboratório de ponta, garantido pelo novo (e mais sofisticado) plano de saúde que meu irmão Antoninho passou a me pagar. Ao contrário da contagem manual dos CD4 no laboratório anterior, que não permitia um resultado confiável, o novo exame utilizava contagem computadorizada, muito mais precisa. E não deu outra: a quantidade dos meus CD4 estava não apenas boa mas bem acima da média brasileira — no nível de sueco, como brincou o dr. Adauto, sorridente com a constatação. Eu tinha sofrido um falso alarme. O alívio foi indescritível e me alertou para cuidados redobrados com a saúde. Já antes de me descobrir infectado, sempre me preocupei em garantir alguma qualidade de vida, dentro das minhas possibilidades, tanto na alimentação equilibrada quanto na prática de ginástica e natação. Após a descoberta, procurei meios de reforçar o sistema imunológico através de complexos vitamínicos, prática de ioga e meditação transcendental.

Bem ou mal, meu agnosticismo captou a chegada imprevista de um afilhado como alguma implicação superior — que a língua inglesa explicitava etimologicamente em seu *godson* como "filho em Deus" e no contraponto *godfather* traduzia a minha condição de padrinho como "pai em Deus". Cruzamentos, coincidências ou, na visão junguiana, sincronicidades abrindo pontes entre mistérios? Pois havia ainda a data especial, conforme registrei no diário:

No dia de celebração da Revolução Francesa, nasceu meu sobrinho Victor Henrique, filho do Toninho e da Lena, prematuro de sete meses, com apenas 1,60 quilo, que está na incubadora. Chorei de felicidade quando telefonei para Lena, horas após o parto. Chorei de emoção e piedade quando vi o Victor, Vitinho, na incubadora todo pequenino e vermelhão, cheio de sondas no corpo, puxando o ar com todas as forças e lutando pela vida, absolutamente solitário, isolado numa sala. Outra coincidência que não me passou despercebida: o hospital onde Victor nasceu, o Albert Einstein, é também o local para onde vão muitos doentes terminais de aids — pelo menos os que têm dinheiro para as despesas no melhor hospital da cidade e dos poucos que, fora da rede pública, aceitam tratar aidéticos.

Juntavam-se as pontas, de algum modo. Para manter o controle rigoroso da infecção, passei a fazer exames ao final de cada semestre. Das primeiras vezes, lembro do horror ao ter meu sangue coletado, algo que daí por diante seria corriqueiro. Eu sofria picos de ansiedade e podia perder os sentidos. Além de solicitar a coleta deitado, descobri um recurso simples e funcional: de olhos fechados, enquanto meu sangue enchia ampolas, eu pensava no pequeno Victor Henrique para contornar o medo. A alegria era imediata. E o medo... ah, pra que ter medo se a vida continua?

O amor crucificado

Mesmo depois das perspectivas mais animadoras sobre minha saúde, passei a experimentar outro fenômeno que grassava na aterrorizada população LGBT. Estava em curso a violência das rejeições afetivas como meio indiscriminado (e, de certo modo, irracional) de se sentir vivo. O método habitual consistia em se defender do medo estigmatizando o outro como forma de esconder a cabeça na areia e fazer de conta que nada estava acontecendo. No meu caso, por me revelar soropositivo, as rejeições pesavam de maneira redobrada. Eu ainda sofria a ressaca de uma história de amor fracassada, em anos pré-aids, que me fez atravessar mais de duas décadas sem conseguir articular um relacionamento fixo satisfatório. Não porque não procurasse. Ao contrário. Passei por seguidas paixões e tentativas frustradas — antes de tudo porque eu me sabotava buscando as pessoas erradas. Daí vivia em estado de paquera incansável, que corria o risco de se transformar em modo de vida quase obsessivo.

Durante a pandemia da aids, cansei de ser rejeitado em encontros homossexuais. Tão logo eu comunicava minha soropositividade ao eventual parceiro, o interesse arrefecia. Eu me deparava com uma barreira de aço e, ato contínuo, ouvia um pretexto qualquer para escapar, semelhante ao horror diante de um leproso. Como parte desse modo de fuga, as pessoas preferiam transar às cegas, sem os cuidados que pudessem remeter à peste. Ousar propor ao parceiro o uso da camisinha implicava, além de confissão, certamente desconfiança pela suposta ameaça de contaminação de quem a usava. Seguia-se recusa imediata, em geral associada a um gesto de desprezo, quando não uma reação agressiva, como se eu portasse a morte — e o outro buscasse se defender de um atentado à sua vida. Precisei discutir com meu médico (heterossexual e meu amigo) detalhes íntimos para ter algum modo de abordagem viável. Ele não via motivo para comunicar a infecção desde que eu estivesse tomando as precauções de praxe. Mesmo porque, obrigado a fazer exames de controle semestral, a seu ver eu era ali menos perigoso do que o eventual parceiro que, ao se passar por HIV negativo, poderia estar disseminando o vírus indistintamente.

Munido dessa segurança mínima, insisti nas minhas investidas com determinação ainda maior em busca de um parceiro amoroso. Nas paqueras de internet, indicava como condição a chance de algum interesse além da mera transa avulsa. Claro, muitos mentiam deliberadamente e desapareciam após transar. Foram anos e anos seguidos de busca, e os encontros que vivi revelaram uma repetição pérfida do mesmo sistema de rejeição amorosa por parte de candidatos que se diziam não infectados, que usavam a paranoia e o faz de conta para se defender. Em algumas situações incluíram-se fatores calhordas, como sofisticadas estratégias de competição e traição, aliás comuns mesmo antes da aids em grupos sexualmente dissidentes quando vitimados por ansiedade narcísica.

O primeiro caso de que me lembro, por ter inaugurado o ciclo de rejeições exemplares, foi um rapaz à beira dos quarenta anos que tinha me encantado por sua simplicidade e clara devoção a homens mais velhos como eu. Ele vinha de uma família da roça e se desligara havia pouco de uma congregação religiosa, mas continuava integrado à sua fé. Depois de nos conhecermos e conversarmos, topei viajar até sua casa. Confirmou-se nosso interesse mútuo. Na cama, já nus e muito animados, julguei que não poderia ir adiante sem fazer a revelação. Tão logo lhe mencionei minha soropositividade, o impacto do medo deu à sua pele um tom de amarelo cadavérico, e sua animação desapareceu. Numa reação incontida, apanhou a toalha e começou a se limpar no lugar onde eu o tocara intimamente. Sem conseguir falar, levantou-se num pulo e correu para o banheiro, onde o ouvi tomando um longo banho. Voltou entre assustado e desenxabido, ao me ver já de roupa. Tentando se justificar, explicou que trabalhara como voluntário numa casa de atendimento a doentes de aids e isso ainda o assustava. De regresso a São Paulo, eu ainda me perguntava se a experiência caridosa daquele rapaz tinha lhe proporcionado algo além da certeza de que não era um novo leproso.

Mais tarde em minha vida, foi a vez de um charmoso professor universitário também beirando os quarenta anos, que veio a São Paulo para me conhecer após um encontro na internet. O desenlace foi muito semelhante, exceto pelo cenário. Estávamos num bar de paquera guei. Sua animação se intensificou ao me apalpar e ter certeza do meu tesão. Impulsionado pelo mútuo encantamento e no embalo da fantasia de um amor eterno, fiz-lhe a revelação de soropositividade. Ele, que durante anos vivera nos Estados Unidos com outro homem e conhecera in loco o enfrentamento coletivo à aids, agiu surpreendentemente como um neófito. Ao mesmo tempo que retirou a mão do lugar perigoso onde explorava meu desejo, embranqueceu como um cadáver. Largou na mesa o resto de bebida que tomávamos, alegou atraso num compromisso e foi embora, enquanto eu guardava meu tesão no lugar de onde não deveria ter escapulido. Nunca mais ouvi falar dele.

Não sei quanto tempo depois, fui ver uma peça que fazia referência a uma obra minha. Lá conheci um jovem que me pareceu encantador, com suas pretensões a crítico de arte. Ele estava saindo de uma longa relação amorosa, que depois revelou não estar totalmente descartada. Tivemos uma série de encontros que incluíam agradáveis conversas sobre artes e visitas à Bienal de São Paulo, além de eventos similares. Propus namorarmos. Percebia-se que ali era eu o maior interessado, o que ficou ainda mais claro quando fiz a revelação do meu HIV. Se já eram reticentes, os entendimentos para um relacionamento amoroso se tornaram um pouco mais complicados, pois ele se considerava limpo do vírus. Ficou alarmado, mas não fugiu. Contei-lhe que eu estava havia anos com a carga viral tão baixa que se tornara indetectável, o que anulava a possibilidade de transmitir o vírus. Como ele não se convenceu, desconfiado das minhas explicações sobre um relacionamento sorodivergente, levei-o ao meu médico, que generosamente tinha topado nos receber e dar as respostas às suas dúvidas. O dr. Adauto confirmou com ênfase minha condição de paciente indetectável, portanto sem chance de contaminar. Bastava manter as medicações diárias, algo que eu observava com rigor. Talvez por ser sua prática sexual preferida, o rapaz insistiu nos eventuais riscos do sexo oral, sem se convencer. Empacou aí e não arredou pé. Meus telefonemas seguintes não tiveram retorno. Era arrogante e pretensioso demais, confidenciei aos meus botões. E deixei pra lá.

Alguns meses depois, fui informado por um médico do meu círculo de leitores fiéis que um rapaz ficara surpreso ao saber que ele era meu amigo. E queria me conhecer de qualquer modo. Quando fomos apresentados pelo médico, eu me deparei com um jovem já nos seus trinta e tantos anos, maduro, inteligente e atraente. Mutuamente encantados, marcamos um encontro para nos conhecermos melhor, inclusive porque ambos estávamos solteiros. Cheio de expectativas, dias depois compareci ao local na hora marcada, mas nosso encontro nem chegou a acontecer. Quer dizer, entrei em seu carro para definirmos onde beber e conversar. Mas o cara que encontrei já não parecia o mesmo. Denotando absoluto desinteresse na feição e nos olhos, alegou um pretexto qualquer para cancelar a conversa e foi embora. Eu, que passara dias antecipando minha felicidade, fiquei destroçado, especialmente por não entender o que acontecera. Semanas depois, fui procurado pelo rapazinho que namorara o tal médico, com quem ainda morava, mas já prestes a ir viver com um novo parceiro. Ele se disse indignado com o ex-namorado, e se apressou em explicar que não era por ciúme, mas por justiça. Sentia-se na obrigação de me relatar algo que me envolvia. O desinteresse do meu pretendente aconteceu depois que o médico o alertou da minha soropositividade e, sabe-se lá mediante quais arranjos, ambos passaram a namorar. A história me pareceu um tanto estranha, de modo que fui verificar sua veracidade e constatei que o meu ex-futuro pretendente não só se convenceu do perigo que eu representava como, de fato, passou a namorar o médico, com quem já estava morando. Precisei fazer e refazer suposições, espremer minhas melhores fantasias paranoicas, somar e dividir hipóteses para tentar entender. Quais razões levariam um médico, que se dizia meu amigo e trombeteava só transar com jovens em plena adolescência, a se interessar subitamente por alguém distante da sua faixa erótica? Para provocar ciúme no ex? Ou para competir comigo, seu ídolo confesso? Não encontrei razões dentro de alguma articulação lógica imediata. Acabei me amparando no conceito junguiano da inflação fálica, que explica como o masculino ferido transfere para atitudes competitivas sua insatisfação ante uma menor dimensão do pênis, que tantos homens consideram um defeito. Talvez se trate aí de uma interpretação estritamente subjetiva. Mas eu me sinto autorizado a buscar interpretações para me defender de atitudes esdrúxulas, sobretudo se praticadas à revelia — vale dizer, de modo desleal.

Esses casos, de repulsa ou mesmo de embuste, pareciam indicar a consolidação de uma nova ideologia higienista entre não infectados. Paradoxalmente, reproduziam a mesma opressão vivida por eles, como homossexuais, na tessitura da sociedade heteronormativa. Sem dúvida, o meu sofrimento se intensificava com a exclusão dentro da própria população homossexual vitimada — algo como sentir-se duas vezes leproso em meio a leprosos. Mais fragilizados emocionalmente, soropositivos tinham propensão maior para sofrer de culpa e, como já vimos, encapsular-se pelo medo descomunal com evidentes estragos na autoestima, o que resvalava para seus relacionamentos. Minha primeira tentativa amorosa com outro soropositivo tropeçou nesses senões. Nós nos conhecemos numa viagem de lançamento do meu livro *Troços & destroços*. O fascínio foi recíproco, não fizemos perguntas, apenas nos dedicamos ao corpo um do outro. Só muito depois eu soube que ele trabalhava numa empresa como pintor de parede. Fora casado com uma mulher, tinha um filho adolescente e se separou quando se assumiu homossexual. Convidei-o a passar uns dias comigo em São Paulo, onde trocamos juras de amor e pudemos nos conhecer melhor. Entre nossos muitos eventos, fomos ver a peça *Algo em comum*, de Harvey Fierstein, sobre uma mulher e um rapaz que se conhecem após a morte por aids do marido dela, que se tornara amante dele. Meu candidato a namorado chorou intensamente durante toda a peça, que de fato era comovente. A partir daí, ele se tornou reticente e agressivo. Só então descobri que era soropositivo e temia ter contaminado a ex-mulher. Voltou à sua cidade muito confuso, mas ainda assim telefonou várias vezes durante as paradas do ônibus para me declarar seu amor. Depois do retorno, passou a me evitar, inexplicavelmente. Num desenlace que julguei cruel, nunca mais atendeu meus telefonemas, não respondeu às minhas cartas nem ofereceu qualquer explicação. Captei alguns sinais de que eu servira como tapa-buraco até a reconciliação com um parceiro, de quem ele havia se afastado por um tempo.

Não desisti. Passados meus sessenta anos, acabei encontrando um companheiro HIV+ e positivamente amoroso. Lembro quando, em nosso primeiro encontro, ele me olhou intimidado e com voz titubeante comunicou sua infecção. Eu me enterneci com aquele medo tão meu conhecido e lhe respondi sorrindo: "Que ótimo! Então meu vírus vai se apaixonar pelo teu". Mantivemos um relacionamento amoroso por vários anos. Mais tarde, já em minha velhice avançada, eu me envolvi afetivamente com um jovem que tinha me procurado. Seu amor me surpreendeu. Quando julguei haver condições de vivermos juntos, eu lhe comuniquei, com usual inquietação, minha condição de HIV+. Não contive minha emoção ao ouvir sua resposta: "Isso não muda em nada o meu amor por você". Ele, que só havia tido uma fugaz experiência sexual com outro homem, não era soropositivo — mas estava bem informado sobre os meandros da infecção — e, ademais, não se considerava homossexual. Comprovei então que sentimentos não cabem em rótulos monocromáticos, como os manuais costumam nos vender. Em 2017, a OMS consagrou o enunciado "indetectável = intransmissível" que já vinha sendo aplicado esparsamente no tratamento de soropositivos. Era mais uma voz a corroborar o nosso amor.

Em nome do nosso medo

Além das reações sociais de barbárie, o pânico da aids provocou episódios bizarros, em muitos sentidos e diferentes situações, entre pessoas jogadas no olho do furacão. Eu me refiro a casos de fuga emocional, quando não de paralisia e impossibilidade de comunicação. Com o fantasma da morte nos rondando, para muita gente a peste impôs entraves psicológicos quase intransponíveis. Era como se uma população de nômades se deparasse com o caminho bloqueado e perdesse o rumo. Ninguém estava excluído de reações imprevisíveis. Lembro de um amigo que surtou ao receber o resultado do seu teste positivo para HIV. Quem lhe deu a notícia foi um médico que conhecia sua tendência ao pânico e tentou ajudar. Não adiantou. O rapaz disparou aos gritos pelos corredores do hospital, quebrando o que encontrava pela frente, enquanto o médico e sua equipe o perseguiam até conseguir dominá-lo. Tempos depois ele mesmo me narrou a cena, um tanto constrangido.

Em novembro de 1993, compartilhei um episódio marcante por ocasião da temporada paulistana da peça *Em nome do desejo*, que eu e Antonio Cadengue tínhamos adaptado a partir do meu romance homônimo. Cadengue também dirigia o espetáculo. Depois do grande sucesso no Recife, onde ficou em cartaz por mais de um ano, a peça viajara para apresentações no Sudeste. Tratava-se de uma empreitada arriscada, em se tratando de uma equipe de quinze pessoas ao que se somava a escassa disponibilidade financeira da companhia Teatro de

Seraphim, da qual Cadengue era um dos sócios. A temporada de quarenta dias no Rio de Janeiro teve boa acolhida do público, mas recebeu críticas escandalizadas e até agressivas nos jornais. Para a shakespeariana Barbara Heliodora, o espetáculo extravasava a "fronteira do caricato e do ridículo". Em outra resenha, já o título proclamava: "Casa correcional para pervertidos". Indignado com uma cena de nudez e transa entre os dois rapazes protagonistas, um outro crítico acusava o espetáculo de buscar "polêmica a qualquer custo".

Antonio Cadengue, que já vinha doente desde o Recife, chegara afônico e emocionalmente abalado da temporada carioca. Seu quadro se agravou em São Paulo, com uma combinação de gripe persistente, febre alta, diarreia, sapinho na boca, inflamações de sinusite e laringite. Em pleno dia de estreia no Teatro Ruth Escobar, precisou ser hospitalizado, o que provocou um pandemônio no ensaio geral. Meu amigo querido e confidente de muitos anos, Antonio chorava como uma criança em desamparo. Parecia bastante assustado, por motivos que eu conhecia bem. Durante anos, ele acompanhara a devastadora situação de um ex-namorado e sócio que acabou morrendo de doenças relacionadas à aids. Já antes da sua vinda a São Paulo, eu tinha revelado a Antonio minha recente infecção pelo HIV. A partir daí percebi certo distanciamento quando ele me olhava incomodado, querendo mudar de assunto, como se eu aumentasse o alerta de perigo. Em São Paulo, Antonio só recebeu alta hospitalar após dez dias. Mesmo reclamando que os médicos tinham lhe aplicado exame para HIV à revelia, contou que o resultado fora negativo, o que parecia uma boa notícia, pois encerrava as suspeitas que sofria desde a morte do seu ex. Mas Antonio nunca deu detalhes sobre a hospitalização. O pouco que eu soube vinha de informações passadas por alguns atores autorizados a visitá-lo.

No dia seguinte à sua alta, ele tomou a inesperada decisão de regressar ao Recife, abandonando o espetáculo paulistano.

Apesar da minha alegria com a peça, que eu amava de paixão, os quarenta dias da temporada foram conturbados. Sem a presença do diretor já a partir da estreia, muitos problemas recaíram sobre mim. Precisei interromper por três semanas a escrita do romance *Ana em Veneza*, meu projeto prioritário. Além de hospedar parte do elenco, que dormia por todo canto no pequeno apartamento onde eu morava, passei dias dependurado ao telefone suprindo o sumiço do divulgador contratado. Minha conta telefônica quadruplicou. Arcando sozinho com a responsabilidade das entrevistas aos jornais, acabei rouco. Não apenas dirigi o ensaio geral antes da estreia mas no meio da temporada tive que preparar uma substituta para a atriz principal, cujo contrato previa sua saída. Também coordenei uma reunião geral para contornar uma crise entre o elenco e o titular da companhia, que ameaçava cancelar o resto da temporada em São Paulo. E, mais de uma vez, fiz as vezes de bilheteiro no teatro.

Mais tarde, no Recife, Antonio adoeceu gravemente, como me informaram. Precisou ser hospitalizado várias vezes, vitimado por doenças oportunistas. Lembro que, nesse período todo, evitou contato comigo. Nós só nos reencontramos anos depois, num Festival de Artes de Areia, na Paraíba. Ao contrário do período de internação em São Paulo, Antonio estava animado e alegre, denotando boa saúde. Só então me falou do seu HIV com naturalidade, mas evitou mencionar o incidente com o tal exame negativo. Contou que, de volta ao Recife, viu-se obrigado a pedir aposentadoria na universidade em meio a fofocas maldosas e calúnias. Por sorte, encontrara na cidade um infectologista atencioso e amigo, que coincidentemente fora aluno do meu médico em São Paulo. Sob sua orientação, Antonio carregava uma malinha repleta de medicamentos anti-HIV e comida especial preparada em casa, inclusive sucos. Cuidava-se com esmero quase exagerado. Comentei que, acompanhado daquela maleta, ele parecia um caixeiro-viajante. Meu amigo retorquiu, com sua deliciosa ironia: "Caixeiro-viajante da aids". Rimos juntos, como nos bons tempos.

Antonio nunca entrou em detalhes sobre seu período de crise na temporada paulistana de *Em nome do desejo*, que ficou marcado como um hiato de silêncio em nossa intensa amizade, e confesso que sofri com seu distanciamento. Naquele verão chuvoso de 1993, em São Paulo, não era apenas minha solidão que pesava. A situação de calamidade geral aproximava forçosamente a dor pessoal e a dor de amigos, sobretudo aqueles insubstituíveis. A partir da minha própria experiência, eu adivinhava a solidão sofrida por Antonio. Só quem tem um grande amigo conhece a aflição de testemunhar calado seu sofrimento, como nesse caso, pela sensação de redobrada impotência. Mesmo porque eu também precisava dele. Não foi fácil constatar que um dos meus melhores amigos já não confiava em mim quando mantinha na sombra uma parte do território da sua dor. Se lamento sua morte em 2018, também reitero o que escrevi no meu diário: "Fui um privilegiado por encontrar na vida alguém como Antonio Cadengue, com sua alegria e inquietação. E suas maravilhosas contradições".

Literatura em exílio

Aquela malfadada capa da revista *Veja* estampando a foto de Cazuza desfigurado estava na origem de um outro fenômeno, que considero não menos perverso. A partir de algum remorso, a sociedade castradora pode sofrer crises de soluço moral, buscando superar o fator que gerou desconforto. Mas sempre acha um jeito de apaziguar sua má consciência, na tentativa de purgar a culpa quando outras instâncias de poder julgam sua prática injusta — caso da tal capa da *Veja*, que provocou grande repulsa. Assim, num processo de compensação ao preconceito contra aidéticos, certas pessoas infectadas foram elevadas ao patamar de heróis, quando não de gênios, numa atitude desmedida que levantava suspeitas sobre os motivos reais. A aids parecia ter se tornado um elemento extra de valor que levava à mistificação em torno de pessoas de algum renome quando se revelavam publicamente HIV+. Acredito que a partir dali se iniciou um processo paradoxal de "perdoar" quem confessasse publicamente sua "culpa" por ter aids. Não se tratava propriamente de respeito: era em boa parte uma mescla de pena, culpa e hipocrisia camuflada. Em resumo, má consciência.

Na Feira do Livro de Frankfurt de 1994, em que o Brasil foi o país-tema, compareci como perfeito penetra graças à insistência do meu irmão Toninho, que pagou minha passagem e reforçou o suprimento de dólares para que eu participasse extraoficialmente. Ele queria celebrar a publicação de *Ana em Veneza*, meu romance que sairia naquele final de ano. Como espectador, testemunhei um tanto surpreso os tapetes estendidos ao Caio Fernando Abreu, tratado nos eventos da feira como grande estrela, de visual que remetia ao de Cazuza, com a bandana cobrindo-lhe a cabeça. Não muito tempo antes, Caio revelara, através de suas crônicas na grande imprensa, que estava doente de aids. Não consegui evitar certo constrangimento ao lembrar como, até então, parcelas da crítica brasileira costumavam atacar grosseiramente a obra do Caio, inclusive com sarcasmo em relação a supostos "arroubos" homossexuais, desprezando seu talento literário e voz singular. Para se ter ideia, certo crítico chegou a acusar sua obra de "coquetel de clichês [...] rumo ao dinossauro", que tendia ao "entretenimento de Walt Disney" e ao "pseudofeminino", com clima de "meu querido diário", algo que "não se constitui em literatura". De repente, Caio passou a ser reverenciado quase como unanimidade. A guinada abrupta lançava suspeita sobre essa "reavaliação", tão artificial que parecia movida menos pela importância da sua literatura e mais como compaixão por seu vírus.

Algo semelhante se repetiu em outros casos de doentes ou mortos em consequência da aids. Assim era o elogio fúnebre de intelectuais saudados como gênios em obituários comissionados pela misericórdia de ocasião — já que em vida nunca foram julgados dignos de glorificação. Ou ainda outros que até ali mal tinham sido notados, por sua parca produção, e de repente mereciam artigos superlativamente elogiosos de meia página, em jornais de grande circulação, num esquema de corporativismo que não escondia um jeito dissimulado de se livrar do pesadelo da peste, jogando-o para os ombros de "quem o merecia". Se eu ficava pasmo ante essas variações temáticas em torno da má consciência, também sentia alívio por não haver tornado pública minha soropositividade. Eu sofreria um acréscimo de tortura se passassem a valorizar minha obra — em geral, esquecida e desprezada — por causa da infecção que me vitimara. Seria como se o vírus se tornasse uma qualidade literária, o que colocaria sob suspeição tudo o que eu escrevera.

Eu me dava conta de tais nuances porque sempre lutei contra o silêncio, que sobreveio ainda mais pesado nesse período da aids. Mesmo quando havia algum interesse pela minha obra o processo se interrompia, de modo direto ou indireto, devido à epidemia. Assim ocorreu com Wilson Barros, diretor de *Anjos da noite*, um filme impactante e injustamente esquecido. Pouco depois de me procurar, interessado em filmar meu romance *Em nome do desejo*, ele acabou adoecendo e morrendo em consequência da aids. Ao tentar reeditar meu livro *Devassos no Paraíso*, recebi negativas de muitas editoras, sob pretextos que tentavam esconder o jogo do preconceito. Fora do mercado por quase quinze anos, parecia relegado à condição de pária, como se ele próprio carregasse a peste ao revelar a história de vidas e práticas LGBT na história do Brasil. Assim também vi se esvair um projeto que teria me deleitado sobremaneira caso se realizasse. Um jovem diretor de teatro em ascensão, cuja obra eu admirava, tinha me solicitado os direitos para transformar *Devassos* numa peça musical. Guei inventivo e transgressivo, ele gostava de virar o palco do avesso mediante uma subversão poética com a qual eu me identificava. Passado muito tempo sem continuidade, perguntei-lhe pela propalada adaptação de *Devassos*. Sua resposta foi firme: "Agora não dá mais, a gente tem que esperar a cura da aids". Nunca voltamos a falar sobre isso, mesmo porque ele ganhou prestígio numa grande rede de TV. O episódio, por si só, dimensiona os meandros do terremoto que nos assolava, numa espécie de "salve-se quem puder".

Jó e a subversão cênica

Se naquele momento de medo havia algum oásis de luz, devo mencionar o impacto provocado pela peça teatral *O livro de Jó*, de Luís Alberto de Abreu e o grupo Teatro da Vertigem, a partir de 1995, em São Paulo. Encenada no hospital desativado Humberto I, o mesmo onde meu pai fora internado no fim da vida, cheguei a vê-la três vezes, todas em estado de encantamento. As desgraças com que Deus põe à prova um homem justo como Jó ofereciam o espelho para metaforizar nossa condição de vítimas preferenciais no redemoinho da peste. Daí o forte apelo de suas lamentações, num tom para nós familiar: "Temor e tremor fizeram estremecer todos os meus ossos". Além das citações bíblicas, a peça utilizava recursos litúrgicos na marcação cênica para acrescentar o sagrado de Jó às dores da peste contemporânea. Eu acompanhava os episódios bíblicos com o coração disparado enquanto subia as velhas escadas e percorria o espaço labiríntico que cheirava a éter. Era como se percorresse as próprias entranhas do terror que vivíamos, no rastro dos lamentos de Jó: "O que devo esperar além da morte e de uma nova forma de medo a cada dia?". Na cena final, ao adentrar a sala de cirurgia, o público recebia uma cacetada na própria alma, diante do Jó de Matheus Nachtergaele de pernas escancaradas num aparelho ginecológico, nu, coberto de sangue, urrando de dor, enquanto gritava: "A vida é um parto, e o homem, o ventre de Deus!". Estaria ele prestes a ser dissecado feito bicho ou na iminência de parir alguma esperança? De repente, a Revelação:

o Anjo da morte surgia com uma luz que cegava. O choque nos tirava do chão. Ah, então existe um Anjo velando, que nos fazia levitar. Porque era indescritível a força que nos arrebatava, naqueles poucos minutos em que a gente alcançava um patamar de transfiguração, através das palavras celebratórias de Jó. Com o último suspiro antes de morrer, ele proclamava: "O que foi vendaval agora é brisa, e o sopro de Deus ressoa em meus ouvidos". Se havia alguma esperança, talvez se tratasse daquele sonho de "morte feliz" que, no derradeiro round, permite-nos olhar não para o futuro imprevisível, mas para a vida pregressa com seu deslumbrante caudal de modulações. Ou, quem sabe, o encantamento resultaria tão somente da convicção de que nossa dor pode levar à iluminação.

Para mim, a cena final de *O livro de Jó* configura um desses momentos epifânicos que suplantam a percepção do mero espaço cênico. Algo ali produziu uma alquimia visionária. Minha única forma de compreender seu enigma é desejando voltar ao passado para experimentar de novo aquele momento sagrado e então poder dizer com precisão: foi *isso* o que senti. Ainda assim, nunca conseguiria expressar o milagre daquela representação poética incendiária.

A via-sacra do vírus

Se a infecção continuava sem cura nem vacina, houve avanços com o chamado "coquetel". Para controlar a carga viral e evitar a proliferação do HIV no organismo, novas terapias empregavam o uso combinado de diferentes medicações, com disponibilidade cada vez maior no mercado farmacêutico. Em 1996, quando precisei entrar na terapia de coquetel duplo, começou um outro capítulo da infecção: enfrentar os órgãos da saúde pública brasileira, que alardeavam estar na vanguarda mundial de distribuição gratuita dos remédios para HIV/aids. Não demorei a constatar que a história não era bem assim — e deveria ser, pois as últimas estatísticas indicavam que o vírus já se espraiava para todas as classes sociais, em especial as mais vulneráveis e menos informadas.

Quando fui pela primeira vez ao Centro de Atendimento da Faculdade de Medicina onde os pacientes do meu médico tinham direito a obter os dois medicamentos (AZT e Epivir), a instituição só atendia duas vezes por semana, durante três horas no período da tarde. O local não passava de um corredor escuro, com algumas cadeiras dispostas e um guichê. Fui informado displicentemente que havia chegado fora do horário. O único médico responsável, que iria avaliar minha situação, já tinha ido embora. Voltei na quinta-feira, depois de dormir mal por duas noites, ainda assustado com a novidade da minha situação. Dessa vez encontrei o corredor lotado de homens com olhares dolorosos. A funcionária que me atendeu avisou, com cara de poucos amigos, que um dos medicamentos estava em falta, sem data para reposição. Saí dali direto para o Centro de Referência da Secretaria de Saúde, onde fui informado que faltavam documentos para a avaliação mesmo com os comprovantes do exame de sangue e a solicitação do meu médico infectologista. Depois de providenciar as fotocópias necessárias, fui informado de que o material passaria por uma comissão, autorizada a decidir se eu teria direito aos medicamentos. Deveria telefonar no dia seguinte, quando talvez (a funcionária frisou o "talvez") já houvesse uma resposta. Em casa, eu sentia ânsia de vômito, tal a ansiedade diante de tantas dúvidas: talvez eu tivesse direito aos remédios, talvez os recebesse logo, talvez fizessem efeito, talvez, talvez. No dia seguinte, tentei por meia hora acessar o telefone ocupado do Centro de Referência. Quando consegui, a atendente mandou ligar mais tarde, pois estava muito ocupada. Liguei conforme combinado, e então soube que a resposta só podia ser dada presencialmente. Ante minha insistência, ela adiantou que meu caso não dava direito a receber os remédios. Corri até lá para reaver meus documentos, junto aos quais encontrei uma nota avisando que, como cliente do dr. Adauto, que era professor na Faculdade Paulista de Medicina, eu só podia pegar os remédios lá. Não adiantou explicar que no local o remédio estava em falta. Ouvi a resposta: "Não posso fazer nada".

Com a ajuda da secretária do dr. Adauto, fizemos várias outras tentativas, mas nos locais havia gente demais e a mesma falta de medicamentos. Não havia o que fazer a não ser comprar o Epivir diretamente no laboratório importador, o que estava além do meu alcance financeiro. Tive que adiar o início do tratamento até a chegada do remédio, quinze dias depois. Por sugestão do meu médico, elaborei um relatório para encaminhar aos órgãos competentes com sugestões para um atendimento que parecesse menos um favor e mais um direito. Não eram ideias estapafúrdias. Entre outras: oferecer espaços mais satisfatórios para atendimento dos infectados; campanhas mais diretas do Ministério da Saúde para informar sobre o HIV e reforçar a autoestima dos infectados; sem esquecer, é claro, do treinamento de funcionários para atender devidamente e sem tratar como culpadas essas pessoas que chegavam acabrunhadas pelo medo de uma doença incurável. Escrevi e encaminhei. Mas eu não me sentia nenhum herói. Apenas um cidadão brasileiro estressado e deprimido, com forte sensação de abandono.

Ainda havia um longo caminho pela frente. Tomar o "coquetel" implicava obrigatoriamente experimentar até descobrir um tipo de combinação funcional e confortável. Nesse processo, podiam aparecer efeitos colaterais como gastrite, vômitos, gases, diarreias, dores de cabeça, pesadelos de grande impacto psicológico e até perda de massa muscular ou mesmo lipodistrofia (em que a gordura se distribui de modo irregular pelo corpo). Muitas vezes criavam-se situações terríveis de constrangimento e humilhação, como eu mesmo experimentei. Certa manhã, depois de iniciado o tratamento, eu me encontrava próximo ao metrô São Bento, em São Paulo, quando senti contrações intestinais quase incontroláveis. Corri à procura do banheiro na estação. Mal conseguia me segurar. Quando finalmente o encontrei, a porta estava trancada com cadeado. Enquanto gritava por ajuda, aconteceu. Enchi as calças de modo explosivo. Saí me esgueirando pelos cantos das calçadas até a loja de roupas mais próxima, onde expliquei a um atendente a situação de emergência. Comprei calça e cueca, fui ao banheiro local, me limpei como pude e troquei de roupa. Na saída, perguntei ao funcionário que me atendeu: "Estou fedendo muito?". E ele, condoído: "Está sim". Quase sufocado pelo mal-estar, atravessei às pressas o centro da cidade até meu apartamento, onde tomei um banho. Meu médico mudou imediatamente a medicação. Em meus diários, anotei: "Meu corpo é palco de uma violenta batalha, vinte e quatro horas por dia. Estou em estado de guerra. E não quero".

A iluminação pelo vírus

Eu rompia a solidão da minha soropositividade do jeito que estava ao meu alcance: escrevendo. Fazia esforços insistentes para entender e acolher o HIV que circulava em minhas veias. No artigo "O vírus, nosso irmão", publicado com alguma repercussão, eu ponderava que, se considerada apenas como catástrofe, a aids significa "um pesadelo do qual não vemos a hora de acordar". Mas eu buscava encarar e, no limite, resgatar alguma iluminação que minha soropositividade poderia oferecer. Afinal, grandes crises provocam, paradoxalmente, grandes descobertas por seu efeito desestabilizador. No artigo eu mencionava como o *nosso* HIV tem potencial para nos revelar que a morte não é "um defeito de fabricação". Quando vivemos como se fôssemos eternos, atropelamos as pequenas alegrias, sem perceber que cada uma delas é única. O HIV revela que a vida pode ser fascinante se a aceitamos imperfeita, ou seja, verdadeira. Ele será um presente para gente privilegiada que consegue abraçar sua finitude. Não se trata de resignação, mas de descobrir que estamos todos infectados pelo vírus da vida, da qual a morte é a outra face natural. Ou seja, só diante da morte a vida refulge com toda sua luz. No artigo, eu concluía: "O HIV nos coloca tão espantosamente frente à nossa verdade que pode funcionar como um atalho para a iluminação interior".

Por caminhos tortos, fui encontrando modos de viver melhor graças ao meu HIV. Posso dizer que, com sua radicalidade, o vírus iluminou desvãos da minha alma e me poupou anos de análise. A literatura foi um dos caminhos que me ajudaram a digerir, metabolizar e reelaborar esses paradoxos de difícil entendimento. Ao abordar o exílio brasileiro no meu romance *Ana em Veneza*, eu o escrevi precisamente sob o signo do HIV, que me ofereceu certificado pleno de exilado a partir de elaborações anteriores. Nessa coincidência de trajetórias, perseguindo o sentido de estar vivo, pude me qualificar para o mergulho na história de três personagens reais que viveram cada qual um exílio peculiar. Identifiquei-me com a negra escravizada Ana Brazilera, que viveu trinta anos exilada na Europa. Compreendi a pequena Julia da Silva Bruhns, mais tarde Mann, expulsa do seu pequeno paraíso brasileiro para a gélida Alemanha. E me juntei a Alberto Nepomuceno, jovem compositor que precisou se distanciar do Brasil para descobrir o Brasil.

Foi numa abordagem ainda mais explícita que escrevi um conto chamado "Altar de oferendas". Nele tentei equacionar e aprofundar as descobertas sobre o sentido da aids que me atordoavam. Criei o personagem de um pintor de vocação transgressiva que, após muitos anos de afastamento, decide procurar uma namorada da adolescência, a quem deixara após assumir sua homossexualidade. Ao contrário do que poderia parecer, ele não a procura para se desculpar, mas para lhe revelar que tem aids. O infectado quer presenteá-la ao lhe confidenciar a sacralidade que o vírus trouxe a sua vida. Dediquei o conto à memória de três amigos mortos durante a peste: Darcy Penteado, Arlindo Daibert e Caíque Ferreira — três dos homens mais adoráveis que conheci. Foi como se os invocasse, na voz do meu pintor doente, em conversa com esse seu amor da adolescência:

> Basta o movimento imprevisto de uma mosca pra de repente o mundo se tornar mágico. Chego a pensar que fui infectado pelo vírus do encantamento. E aí é que está o mais impressionante, Sara. Este é um encantamento provocado pela presença da morte. Porque agora... é como se eu pudesse ver além das aparências, você me entende? Não é que eu decifrei todos os segredos. É simplesmente porque os segredos não existem mais. Olho pra minha vida. Eu sei que o futuro já está sendo. Vivo minha eternidade a cada momento. Foi preciso um vírus para que eu compreendesse que a vida é um estado permanente de emergência. É como se eu tivesse vivido à espera de um milagre, e de repente descubro, graças ao vírus, que o milagre vem acontecendo sem parar. Agora eu vejo tudo isso com tanta clareza que me sinto... o próprio altar onde o amor é entregue ao meu Deus. Todas as noites agradeço os amores que tive. E peço perdão por não ter amado mais.

Inseguro sobre o resultado do conto, entreguei-o a uma amiga, talentosa e atormentada, que participara das minhas oficinas literárias. Queria saber sua opinião mas também lhe confidenciar que eu me inspirara nela para compor a personagem Sara, cujos traços paradoxais a levam a um estado de iluminação interior no final, o que considerei uma justa homenagem a ela. Depois de ler, a amiga me devolveu o conto, indignada. Recusava-se a admitir que eu a tivesse caracterizado como uma jovem rebelde que se torna uma senhora burguesa. Confesso que me senti consternado, para não dizer desenxabido. Supunha, ingenuamente, que fosse de conhecimento geral e já aceito por força do ofício que escritores costumam roubar personagens. Alguém como Thomas Mann conheceu de perto esse embaraço. Depois da publicação de *Os Buddenbrook*, ele se tornou persona non grata em Lübeck, sua cidade natal, por ter lhe surripiado quase todos os personagens para seu romance. Mas, ao contrário de mim, Thomas Mann recebeu o prêmio Nobel e foi perdoado. A amiga burguesa nunca mais quis falar comigo.

Aos amigos que partiram

Enquanto busco resgatar os fatos, penso que, sem eles, a relação da minha dor pessoal com a doença do Cláudio ficaria muito inexpressiva. Aliás, sempre tive a impressão de que a vida me deu esse vírus para compreender melhor os caminhos da dor do meu irmão. Mesmo sem a certeza de que cheguei lá, essa percepção acrescenta elementos substanciais para descobrir como nossas dores se invadem, se comunicam e se mitigam pelo simples fato de serem compartilhadas, criando uma confraternidade de quem sofre. Nossas dores são multidões a reclamar seu resgate. Ademais, ainda que não pelo mesmo motivo, o próprio Cláudio se junta à coleção insubstituível de amigos que perdi para a aids.

Já mencionei a dolorosa ironia na morte do meu amigo Néstor P., vitimado pela doença física que rejeitou em nome de um compromisso político simbólico, para não dizer bastardo, em relação à vida. Nos seus últimos anos ainda nos encontramos algumas vezes, inclusive para traduzir ao português um poema seu em espanhol, dificílimo graças às sutilezas e ambiguidades linguísticas que sua tessitura neobarroca articulava como quem faz um intrincado crochê de palavras. À medida que adoecia de aids, Néstor foi se tornando mais recluso. Eu soube por terceiros que viajara a Paris, onde passou mal e precisou voltar às pressas, sem seu companheiro. A última vez que nos vimos foi a distância, dentro de uma livraria, num relance antes que ele sumisse no meio dos livros. Tive a impressão de que escapuliu para não falar comigo. Não consigo imaginar como Néstor foi tecendo, em sua mente talentosa, criativa e inquieta, o drama em direção à morte.

Também lembro de Darcy Penteado, meu amigo e parceiro dos tempos do *Lampião da Esquina*, das tantas vezes que batalhamos juntos e repartimos responsabilidades como representantes do corpo editorial em São Paulo. Quando tive notícias de que ele estava doente, seu telefone não respondia. Depois descobri que ele estava recluso numa casa na serra da Cantareira e não queria ver ninguém. Em nossa última conversa, não sei se fui eu quem conseguiu seu novo número ou se ele me telefonou. Tinha a voz debilitada e parecia bastante triste, mal dissimulando o pânico. Contou do livro que estava escrevendo sobre sua doença e que se chamaria *Aids mim*. Pediu minha opinião. Respondi francamente que o título me parecia constrangedor, porque fazia supor uma obra lacrimosa e, no limite, cheia de culpa. Ele pareceu concordar. Darcy era um homem que se distinguia, na sua geração, justamente pelo fato de não aceitar a culpa como pretexto para viver no armário, do qual saíra quando pouca gente ousava se assumir. Daí sua presença na equipe do *Lampião* ter sido crucial para que o empreendimento ganhasse prestígio e se viabilizasse. Aliás, a própria reunião para criação do jornal aconteceu no seu apartamento em São Paulo.

Outra figura marcante que perdi no período da aids foi Luiz Roberto Galizia. Não que fôssemos amigos íntimos. Talvez nem mesmo grandes amigos. Ainda que nem tão profunda, nossa amizade chegou a uma intimidade bissexta. Eu o conheci em Berkeley, num encontro fortuito que se tornou inesquecível pelo encantamento mútuo. Era um período de solidão tenebrosa no meu exílio e, provavelmente, de ascensão para ele, que estudava teatro na Universidade da Califórnia e fazia estágio com o icônico diretor Bob Wilson. Por incrível que pareça, morávamos não apenas na mesma Berkeley mas na mesma Channing Way, a algumas casas de distância. Marcamos encontro. Entre o sedutor nato que ele era e eu, doente de saudade do Brasil, a sintonia erótica foi imediata. Na cama, parecíamos dois moleques travessos. Enquanto o chamava de "brasileirinho adorado", eu beijava seu corpo e me debruçava sobre seu lindo peito como se me agarrasse a uma tábua de salvação. A dubiedade do seu sorriso permitia todas as interpretações, inclusive a possibilidade de se apaixonar. Mas ele nunca fez nenhuma promessa. Não lembro se sumiu apenas porque se mudou. Não parecia do tipo que se amarrasse. Era natural que seu tipo *latin lover* fascinasse os americanos, e Luiz não se fazia de rogado. Só fomos nos rever anos depois, em São Paulo, quando ele já se consagrara na cena teatral dentro do grupo Ornitorrinco. Dessa vez nosso encontro erótico dispensou a cama e quase me constrangeu, pela radicalidade objetal com que ele se oferecia. Tal como seu sorriso, o encantamento se esvaíra. Galizia já era um outro. Perdera aquele olhar deliciosamente sensual de Berkeley. Foi, de novo, um encontro único. E o último.

Havia ainda Caíque Ferreira, a quem eu teria secretamente fantasiado pedir em casamento não fosse ele já casado com outro homem. Apesar das poucas vezes em que nos vimos, eu me contentaria em sermos grandes amigos não apenas por suas qualidades como artista mas também por sua integridade de caráter. Prefiro dar a palavra aos meus diários, em 14 de janeiro de 1994:

> Chorei ontem o dia inteiro com a notícia da morte do Caíque Ferreira, de aids. Lembrei que, no dia da sua morte, de manhã, um ovo caiu inexplicavelmente das minhas

mãos e se estatelou no chão da cozinha. Além de lindo, Caíque era um dos homens mais doces e sensíveis que conheci. Não consigo deixar de ficar revoltado: por que um ser assim tem que morrer antes da hora? (E por acaso existe hora certa para morrer, hein?) Lembrei de quando fiquei apaixonado por ele. Mandei-lhe uma carta em que lhe falava do meu amor e não pedia nada — apenas que ele existisse e, se possível, lembrasse de mim de vez em quando. Dei-lhe de presente então uma fita cassete com o "Concerto para violoncelo" do Dvořák, que eu tinha acabado de descobrir e que amo. Coloquei o "Concerto" no gravador, para homenagear a memória dele, e fiquei chorando sozinho. Lembrei de quando voltou de Amsterdam para fazer uma peça no Brasil. Me ligou. Deixei umas violetas para ele no hotel onde se hospedava em São Paulo. Fomos jantar no Posilipo. Ele falou do Hugo Della Santa, seu ex-amante, que tinha morrido de aids. Reclamava que, quanto mais o tempo passava, mais sentia falta do Hugo. Era um homem belo que amava tanto quanto era belo. Nós nos conhecemos durante a encenação da peça *Giovanni*. Fui ao camarim cumprimentar a ele e ao Hugo, que eu já admirava muito como ator. Ficamos os três encantados. Eles já tinham lido e gostavam muito da minha obra — Caíque estava justamente acabando de ler o *Devassos no Paraíso*. Logo depois, cruzei com Caíque num programa de rádio feito no antigo Bar Brasil. Ficamos muito felizes de ver um ao outro. Acho que ele me deu carona nessa noite. Então vi aquele homem tão seguro desesperar-se porque temia ter atropelado um gatinho... Espero que a luz da sua doçura esteja brilhando, nalgum lugar. E que eu possa me juntar a ela e ficar com ela para sempre, quando chegar a minha hora.

Na contramão dessas mortes melancólicas provocadas pela aids, lembro de uma figura ímpar como Herbert Daniel. Ex-guerrilheiro, voltou ao Brasil com a anistia e revelou publicamente sua homossexualidade, sem meias-palavras. Não me recordo como conheci a ele e seu companheiro Cláudio Mesquita. Na época, eu tentava publicar *Em nome do desejo* depois de recusado por vários editores, um deles sob pretexto de que era "homossexual demais" — e confesso que nunca entendi o que seria um "homossexual de menos", por considerar o conceito de "meio viado" tão inviável quanto o de alguém "meio grávida". Sabendo que Herbert integrava o conselho editorial da Codecri, que também publicava *O Pasquim*, mandei-lhe uma cópia dos originais. Após ler, seu entusiasmo foi tal que, segundo sua própria narrativa, Herbert apresentou o livro ao editor-chefe e lhe disse: "Ou vocês publicam este romance ou eu me mato!". Quando ele me contou ao telefone, ri muito com sua ênfase, mas o fato é que poucos meses depois *Em nome do desejo* estava na praça, com uma linda sobrecapa e ilustrações tocantes do Cláudio na abertura de cada capítulo. O ruim dessa pressa foi que trechos inteiros acabaram suprimidos e muitas palavras saíram erradas. Ainda assim, a edição se esgotou rapidamente e, *ainda assim*, eu nunca recebi um tostão de direitos autorais da editora, porque não tinha contatos suficientes nem dinheiro para contratar um bom advogado. Depois disso, encontrei Herbert algumas poucas vezes. Seu sumiço ficou explicado quando fui informado do seu adoecimento por aids. Ele então tomou uma decisão arrojada, mais uma vez, e revelou publicamente sua doença num tempo de tantos estigmas. E ainda desbravou como um pioneiro a perspectiva de que a aids propiciava experiências imensuráveis de autoconhecimento. Através de suas entrevistas aos jornais, Herbert funcionou como um iluminado para muita gente desamparada. Eu mesmo lhe agradeci de todo o coração após ler seu relato sobre descobertas vitais graças ao vírus HIV, e não apesar dele. Para Herbert, por exemplo, qualquer café da manhã, longe de implicar banalidade, tornava-se precioso e único graças justamente à consciência da morte. Daquela grande dor derivava uma recorrente felicidade nos prazeres banais, quando confrontada com a condição efêmera da vida. Também por isso Herbert Daniel foi marcante. Ajudou a descobrir perguntas basilares. Não seria a vida um dom digno de celebração incessante? Sim, sim e sim: por sua extraordinária grandeza ela própria já é pura celebração.

A pornografia como poesia

Em todo o período do vírus HIV mantive dentro de mim a regurgitação de um embate sagrado, num nível mais secreto e não menos intenso. Para além da mera necessidade de sexo, ameaçada pela doença, eu encarava a urgência de decifrar a beleza implícita na sexualidade humana. Tratava-se de uma reação radical aos dez anos que passei no seminário para padres, quando vivi a atração sexual corroída pela culpa cristã. Se falo em reação radical, eu a vivi como ruptura com o meu passado religioso responsável pelos sofrimentos de uma adolescência atormentada. Adulto, recusei trocar meu gozo carnal pela fantasia de seguir um deus beatífico. A partir daí desfrutei, em minha vida sexual, práticas consentidas e experimentações buscadas.

No início do período californiano, cheguei ao ponto de fantasiar uma carreira no cinema pornô, dentro daquilo que entendia como pornografia rasgadamente poética. Eu carregava a secreta intenção de um dia fazer filmes pornográficos disruptivos, tanto pela radicalidade sexual quanto pelo impacto poético. Como no mundo real as coisas não acontecem sem tropeços e decepções, isso não demorou a se revelar um sonho de difícil implementação. Mas era um sonho que me mobilizava. Quando cheguei a San Francisco, exibia-se na cidade um filme de Bernardo Bertolucci que a censura ditatorial proibira no Brasil: *O último tango em Paris*. Na primeira brecha, fui assistir. Ao final, saí irritado, quase furioso com o que considerei conversa fiada de Bertolucci para conseguir uns trocados a mais e aumentar seu prestígio intelectual. De certo modo ele me parecia reagir ao cinema mais recente de Pasolini, aquele da chamada Trilogia da Vida, que celebrava a felicidade sexual. Bertolucci não escondia seus próprios limites de verniz poético (a quilômetros de Pasolini) e intenções sensacionalistas — a começar pela escolha de Marlon Brando e o estupro cometido com manteiga, que criava um filme-espetáculo apimentado.

Em Berkeley, logo depois, eu me deparei com um cineminha que revezava a apresentação de dois filmes pornográficos de grande destaque no país. Fui ver *Garganta profunda* e *Atrás da porta verde*, ambos com um verniz de produção inteligente, propondo-se a inovar o pornô heterossexual através de roteiros um pouco mais elaborados. Foi um banho de água fria. Além do toque modernoso, havia uma armadilha que *Behind the Green Door* (o nome original me soava magnífico) embutia para si mesmo. No filme, um grupo de homens e uma mulher encenava uma orgia no palco de um clube, diante de espectadores que ocupavam mesinhas. À medida que o sexo (mecânico) rolava no palco, a plateia dentro do filme se inflamava numa orgia espontânea. De início, a ideia me fascinou pelo gatilho erótico aí suposto, já que o passo lógico seria a plateia real do cinema repetir a reprodução da orgia ficcional. Quando olhei ao redor, o público assistia sem se mover, como se participasse de uma missa chata. Claro, pelas leis americanas era permitida a pornografia encenada no espetáculo, mas se considerava crime ("*against the law*") caso o público embarcasse numa orgia descontrolada. Foi uma experiência decepcionante que me indignou ao flagrar a manipulação libidinosa da plateia. Perdi o interesse no cinema pornográfico, que ali deixava exposto o mecanismo repressor inerente à indústria pornô. Não havia espaço para ousadias como um "pornô poético", ou seja, distante das fórmulas comerciais e mais colado à beleza da sexualidade. Até hoje, filmes pornôs me entediam irremediavelmente. Aí incluídos filmes gueis.

Já apareciam sinais dessa intenção subversora no meu filme *Orgia ou o homem que deu cria*, de 1971, que misturava fetiches sexuais com nudismo, escatologia, crítica política e tropicalismo, tudo embalado por poemas de Oswald de Andrade declamados por uma travesti negra, no meio do matagal. Movida pelo autoritarismo, a censura ditatorial definiu tudo isso como obsceno — e impediu a exibição do filme, o que marcou meu primeiro embate com a mediocridade moralista. Mas acho que dei o troco. Ainda antes de me definir como escritor, minha tentativa inicial de experimentação explícita na pornografia foi o conto "Latin Lovers", publicado em 1972 sob pseudônimo numa revistinha pornô brasileira, celebrando o gozo entre dois rapazes que atravessam a cidade transando obsessivamente, até mesmo num lixão. Eu o escrevi como um gesto secreto de vingança logo após a proibição do meu filme em todo território nacional. Antes de sair do Brasil, eu já alimentava a intenção de colocar o gozo carnal num patamar de poesia na minha obra. Mesmo a contragosto, a ditadura tinha me levado a esse ato de resistência.

Anos depois, meu romance *Vagas notícias de Melinha Marchiotti* foi uma investida radical e, eu diria, um verdadeiro batismo de fogo nessa fusão entre pornografia e experimentação poética. Ainda o considero minha obra literária mais livre, mais inspirada e atrevida, em que eu transgredia parâmetros. Nele mesclei deliberadamente a ficção com os meus diários de escrita do romance. Criei cartas apócrifas entre autores clássicos que discutem meus personagens. Reli trechos inteiros de obras amadas, com as quais eu queria estabelecer laços. Nesse romance, a transgressão parte da temática, invade a estilística, atinge a linguagem e desarranja até a disposição gráfica. Sua estrutura se articula a partir de fragmentos, muitos transcrevendo ritualisticamente paqueras, trepadas e até convites sexuais deixados em banheiros públicos. Fiz nova tentativa de subversão, dessa vez com viés mais sagrado, no meu segundo romance, *Em nome do desejo*. Aí privilegiei a fricção entre opostos ao pôr em cena o embate insolúvel entre o amor humano e o amor cristão.

Uma das minhas experimentações no pornô iconoclástico se deu num conto: "O onanista", publicado em meu primeiro livro, *Testamento de Jônatas deixado a David*, de 1976. Nele, narro a saga de um jovem que descobre o encanto quase transcendente de praticar autofelação. O fato adquire importância tal que ele foge de casa para se dedicar exclusivamente a essa prática, passando a viver como eremita em estado de adoração a uma força divina presente no gozo erótico. Seu processo vital se retroalimenta através do próprio esperma que ele ingere. Mas o desenlace se intensifica quando o onanista acaba se tornando um santo milagreiro que atrai multidões. Tal como a serpente uróboro que engole a própria cauda, a sexualidade em circuito fechado revela a sacralidade no mais corriqueiro da experiência humana. O gozo atinge um novo patamar ao se fundir com o elemento divino, que poderíamos definir como mistério do cosmos ali concentrado. Eu conhecia o prazer excepcional da autofelação graças ao contato em linha direta entre os lábios e o pênis. Não se tratava de mera suposição. Cheguei a praticá-la em várias instâncias de experimentação erótica, entre meus vinte e cinco e vinte e oito anos. O gozo exacerbado que senti me permitiu uma aproximação ao conceito de sexualidade sagrada, como propunha o xivaísmo. Eu me interessava pelo potencial subversivo do prazer carnal contra o projeto de repressão sexual do cristianismo. Isso implicava uma provocação, no sentido de aceitar no gozo erótico dimensões inusitadas que o aproximam da religiosidade pagã. Através de Mircea Eliade, descobri que nas culturas arcaicas se praticava a sexualidade como uma hierofania, quer dizer, uma manifestação do sagrado. Especialmente para as crenças que se articulam a partir da natureza, o ato sexual propicia uma maneira de vivenciar o cosmos, uma espécie de porta que se abre para o próprio mistério da criação. Nessa linha, eu almejava chegar à compreensão de um pornô sagrado.

Mais tarde, transformei o conto num roteiro cinematográfico que ampliava o paradoxo da relação entre o interdito e o sagrado. A partir do final dos anos 1990, fiz muitas tentativas para filmar. Desde editais até produtores como Rodrigo Teixeira, então iniciando carreira internacional. Nada deu certo. A dificuldade ia além do financiamento. Começava com o ator, que precisava ser desinibido e se relacionar bem com o próprio corpo. Havia uma diferença crucial com o conto, justamente o elemento considerado mais pornográfico: no roteiro, a autofelação implicava tanto a presença do pênis ereto quanto a captação do momento da ejaculação. Sem isso, o filme não faria sentido. Minha última tentativa ocorreu em grande estilo. Em 2012, quando fui convidado a apresentar *Orgia ou o homem que deu cria* no Festival Internacional de Rotterdam, levei comigo o roteiro de *O onanista*, que inscrevi no programa de financiamento do Hubert Bals Fund. Afinal, ali estava uma oportunidade única de emplacar um projeto comercialmente indigesto mas instigante o suficiente para um festival de vocação experimental. Ainda que às pressas e pro forma, consegui organizar um pequeno grupo de produtores que respaldaram o projeto. O casal Kleber Mendonça Filho e Emilie Lesclaux, que integrava o grupo, generosamente me passou o orçamento de *O som ao redor* como referência. Na entrevista com a representante do Fund, enfatizei o projeto como produção de baixo custo. Talvez de modo cândido demais, apresentei o entrecho resumidamente como a história de "*someone who turns into a saint by sucking his own dick*". A mulher pareceu chocada ao contestar com um sonoro e incrédulo "*What?!?*". Para que não houvesse dúvida, repeti: "Trata-se de um homem que se torna santo chupando seu próprio pênis". O restante da entrevista não me pareceu muito animador.

De fato, o projeto não emplacou. Foi minha última tentativa de filmar *O onanista*. Mas não creio que eu tenha alimentado expectativas vãs. Em 2006, assisti a um filme perturbador chamado *Shortbus*. Fiquei surpreso ao me deparar com uma cena que poderia estar em *O onanista*: um dos protagonistas praticava autofelação com naturalidade e sem qualquer trucagem. Ainda que naquele momento do século XXI um homem chupando seu pau tivesse deixado de ser novidade no cinema, a rejeição pelo Festival de Rotterdam funcionou como uma pá de cal. Nem a inspiração de *Shortbus* refrescou muito. Acumulei nas gavetas mais um roteiro intragável para os padrões nacionais. E, agora, também internacionais. O que me fez perguntar se o Primeiro Mundo continua supondo que países como o Brasil só devem abordar problemas sociais.

Ainda assim, de um modo ou de outro eu continuo insistindo numa pornografia poética. Às vezes me surpreendo ao encontrar em meus arquivos retalhos perdidos de poemas e contos em que tento reatualizar esse encantamento carnal. Outro dia, mexendo numa pasta de obras em processo, topei com o rascunho de um relato, em parte pronto, chamado "O pau de Antonio". Começava assim:

Antonio tinha um pinto doce, iluminado, totêmico.
Era uma obra de arte rosada.

Se me pergunto as razões de um equacionamento aparentemente paradoxal, desde o começo eu já tinha convicção de que todo sexo implica alguma forma de amor. Existe amor de cinco minutos e amor de cinquenta anos. Nós usamos roupa para nos proteger em vários sentidos, inclusive a nossa privacidade corpórea. Dois corpos que se encontram em algum tipo de intimidade, por mais efêmero que seja e mesmo quando não chegam à nudez total, expressam e exigem uma abertura amorosa, um ato de generosidade que implica amor, numa exposição mútua, intercambiando a própria subjetividade. É claro que amor de cinco minutos acaba em cinco minutos. Se alguém se concentra exclusivamente nessa forma de amar, corre o risco de embarcar numa cadeia obsessiva de insatisfações emocionais, que empurra para a busca dos próximos cinco minutos igualmente insatisfatórios. Estar emocionalmente insatisfeito é fonte de grande sofrimento psíquico. Mas também de mediocrização existencial.

Um amor de cinquenta anos, por sua vez, pode trazer o risco do tédio se não houver algum ímpeto de reinvenção. Inclusive com formas menos óbvias de amor, que podem até implicar um erotismo afetivo sem a prática de sexo. Creio na hipótese de existir amor sem sexo. Mas nem assim abro mão do sexo com amor, mesmo quando a epidemia da aids transformou tudo isso em provação.

A irmã transviada do erotismo

Impossível negar o papel seminal que Jean Genet exerceu ao me oferecer a percepção de uma pornografia poética. Se o Marquês de Sade me assustava, foi Genet quem mais me instigou através da subversão de sua prosa com viés pornográfico desbragado. Ela continua a me provocar lampejos e lágrimas de maravilhamento desde aquele primeiro contato, na década de 1970, quando fiquei em estado catatônico ante a revelação propiciada pela leitura de *Diário de um ladrão* e *Pompas fúnebres*. Como nesta amostra da sua contundência:

> Agora, me horroriza conter em mim, depois de o devorar, o mais querido, o único amante que me amou. Eu sou seu túmulo. A terra não é nada. Morte. Caralhos e carvalhos saem da minha boca. A dele. Perfumam meu peito escancarado. Uma ameixa verde infla seu silêncio. Silêncio de morte. As abelhas escapam dos seus olhos, de suas órbitas onde as pupilas fluíram líquidas, sob as pálpebras flácidas. Comer um adolescente fuzilado nas barricadas, devorar um jovem herói, não é algo fácil. Nós todos amamos o sol. Tenho a boca ensanguentada, também os dedos. Com os dentes eu despedaço a carne. Normalmente, os cadáveres não sangram mais. O dele sim.

Além de Genet, o gozo carnal como experimentação poética veio num coquetel que misturava Arthur Rimbaud, Allen

Ginsberg e até Henry Miller. Mas creio que a convivência pessoal com Roberto Piva e, de certo modo, com Hilda Hilst, teve importância na elaboração conceitual dessa pornografia, além de comprovar que havia gente ao meu lado experimentando uma poesia carnalizada. Apesar de não sermos íntimos, eu adorava as conversas desbocadas que eu e Hilda tínhamos ao telefone — mesmo porque nunca consegui visitá-la na sua chácara em Campinas. Ela mencionou mais de uma vez sua admiração pelo meu livro *Devassos no Paraíso*, que julgava sofisticado, corajoso e desbravador. Eu vivia lampejos de felicidade ao ler sua poesia e passava dias ruminando a beleza da sua prosa visionária: "Extasiada, fodo contigo/ Ao invés de ganir diante do Nada". Ou: "Juntas. Tu e eu./ Duas adagas/ Cortando o mesmo céu". Não que sua literatura mais assumidamente pornográfica me impressionasse tanto. Eu até achava o resultado um pouco tosco. Mas me encantava a fúria libidinal que Hilda carreava para essa parte da sua produção literária. Ela, grande sacerdotisa da poesia, trajava os paramentos de uma obscena senhora para clamar contra o desinteresse à sua experimentação poética, que atingiu os picos mais preciosos da literatura brasileira. Isso me mobilizava.

Roberto Piva funcionava num outro patamar, bastante mais pessoal. Era capaz de me telefonar de madrugada — muitas vezes bêbado — para comentar fosse um novo ensaio de Pasolini, fosse um poema de Whitman que tinha descoberto, fossem ideias que lhe ocorriam a partir de Breton, Artaud, Mircea Eliade ou Bataille — sem esquecer sua paixão por Dante Alighieri. A poesia de Piva me extasiava por suas experimentações radicais, que incluíam influências surrealistas, e pelo despudor da imagética diretamente ligada à sua sexualidade — como nos versos "doce choque na porta de suas tripas/ o suor é amigo & concubina". Aliás, Piva costumava dizer que sua poesia era o que sobrava da orgia, daí apelidar a si mesmo de "jet set do amor maldito". Acrescentem-se a isso as referências à sacralidade subversiva do candomblé, à doçura melíflua de Tom Jobim e à sensualidade rítmica do jazz. Sua inspiração e expressividade rompiam tantos parâmetros que pareciam transfigurações de um profeta — ou "poeta do caos". Daí o próprio Roberto Piva se reconhecer como a "pombagira do Absoluto". Num dos seus versos mais célebres, ele sumarizava todas as suas facetas numa imagem inesquecível: "Eu sou uma metralhadora em estado de Graça".

Essas pessoas me ajudaram a destravar o longo processo até a descoberta da pornografia como habitat natural da Poesia — e aprender a cagar fora do penico normativo. Veio se configurando então a percepção de que todo erotismo tem um pé na pornografia. Mas nem toda pornografia é automaticamente poética. Sempre que se enquadra em fórmulas, o pornográfico descamba para o clichê e perde sua contundência transgressiva. Por outro lado, se a pornografia evita a mesmice e busca a poesia, costuma ser definida, de modo equivocado, como erotismo. Quando a pornografia é contraposta como sua irmã transviada, o erotismo carrega a suspeição de se ocultar atrás da autocensura e mesmo do moralismo. Ou seja, cria-se uma espécie de pornografia "discreta" ou "cautelosa" — algo que me provoca azia. Levando em conta que usualmente se dá tal classificação mais nobre à pornografia consumida pelos bem-pensantes, acho esse "erotismo higienizado" um desastre, na mesma medida da pornografia à base de clichês. A rigor, a pornografia povoa nossa vida e não tem nada de execrável, desde que não lhe seja aplicado nenhum rótulo com objetivo moralizante. Mesmo quando tiramos nossas roupas e transamos com alguém que participa da nossa intimidade, praticamos um ato pornográfico, no sentido popular de que estamos expondo nossas vergonhas privadas. É o olhar que, ao estigmatizar a prática sexual, inventa uma "sexualidade suja". Tal distorção nasceu com Paulo Apóstolo e foi implementada por Agostinho de Hipona — este um dos Patriarcas Fundadores do cristianismo, que lamentava a existência da lascívia e do prazer (a famosa concupiscência bíblica) inerentes ao ato sexual, mesmo quando realizado para procriar. Daí decorre que a sexualidade é intrinsecamente pornográfica, portanto carrega um perigo que ronda nossos corpos e nosso cotidiano. Condenar o gozo carnal como desregramento visa controlar de modo permanente a sexualidade, conforme o modelo proposto por Santo Agostinho. Assim, a abjeção lançada contra um dos pilares da experiência humana integrou-se ao âmago do cristianismo, e acrescentou uma parceria indissociável: o pecado associado à culpa.

Mesmo nos relacionamentos permitidos e controlados ocorrem modos de burlar regras e gozar até nas frinchas entre dois pecados. Aí está uma das funções basilares da pornografia: atropelar as normas e limites impostos ao gozo carnal. Mas vale enfatizar: quando a pornografia se enquadra em padrões e o desregramento se pasteuriza, rompe-se a transgressão. Então a prática pornográfica se transforma em ruptura mecânica, ou seja, um arremedo transgressivo que serve para descarregar provisoriamente a culpa. Institui-se aí o clichê que considera a pornografia algo feio e temerário, além de pecaminoso. Na contramão dos nossos corpos rebeldes, que conhecem perfeitamente suas necessidades, o entorno repressivo provoca paradoxos morais. Tanto quanto a estigmatização da aids atual, antigamente a sífilis ficou acoplada a uma prática carnal supostamente desregrada, portanto pornográfica. Durante séculos a infecção sifilítica podia provocar vergonha, de modo que era dissimulada para não conspurcar lares supostamente impolutos e tanta gente ilustre que adoeceu pelo treponema até a morte. No final do século XIX, a problemática da doença venérea como castigo divino foi abordada com acidez na peça *O concílio do amor*, do dramaturgo alemão Oskar Panizza. Ao satirizar a relação de promiscuidade entre a hierarquia católica e a disseminação da sífilis, o autor foi condenado a um ano de cárcere, sob acusação de blasfêmia, segundo o código penal da Alemanha.

Em nossos dias, Pier Paolo Pasolini também não escapou ileso aos meandros da prática pornográfica. No final da vida, ele se viu diante de um dilema: na atual sociedade do espetáculo, como evitar que seus filmes se transformassem em meros produtos de consumo? Isso o levou a renegar sua Trilogia da Vida, constituída pelos filmes *Decameron*, *Os contos de Canterbury* e *As mil e uma noites*, nos quais buscou abordar o gozo carnal sem culpa a partir de uma sexualidade pré-cristã, de raízes arcaicas e mais legítimas. Em contraposição, decidiu resgatar o Marquês de Sade, e não por acaso adaptou-o ao fascismo histórico italiano. Daí resultou *Salò ou Os 120 dias de Sodoma*, seu último filme, de 1975, que se tornou um divisor de águas. Quando o vi pela primeira vez, em 1981, numa sessão meio clandestina na 5ª Mostra Internacional de Cinema de São Paulo, senti repulsa e fascínio na mesma medida. *Salò* resultava de um paradoxo poético-político. Misturava tortura, sangue e merda para mostrar a sexualidade como instrumento de exercício do poder. Ao denunciar a distorção sádica do fascismo, Pasolini apontava o dedo para a perversidade das modernas sociedades de consumo que, em nome de uma permissividade controlada, vendiam a liberdade sexual como mais um produto a ser consumido e, com isso, neutralizavam a natureza indomada do gozo carnal. Pasolini pretendia uma obra que provocasse asco para denunciar um novo tipo de "fascismo de mercado". Como era de se esperar, a contundência sadiana tornou o filme quase insuportável. Assim, o cineasta deu uma banana para a indústria cultural. Mas também lançou a suspeita de que a liberdade sexual não conseguiria furar o cerco da manipulação consumista. Pouco depois, Pasolini foi assassinado em circunstâncias suspeitas. *Salò* ficou como testamento que instaurava uma dúvida: seria a pornografia suficiente para trazer a sexualidade de volta à poesia?

Pornografia em convulsão

O pensamento profético de Pasolini acreditava numa poesia que mobiliza e, ao mesmo tempo, desestabiliza. Se a beleza deve ser sempre convulsiva, como queria André Breton, então a convulsão é a própria razão da poesia. E se falamos da poesia como estado convulsivo, essa condição se irradia em todo o seu entorno: ao amor, à paixão, à sexualidade, ao sagrado. Daí que a ideia de pornografia poética implica um viés mobilizador, uma prática de desregramento, um estado de rebelião contra os manuais. Em outras palavras, estamos diante de uma pornografia convulsiva.

Mas para onde ela pode nos levar? Tal como proposta por Pasolini em *Salò*, essa questão me importunou como unha encravada. Mais ainda do que na época do seu assassinato, em 1975, tornou-se difícil romper o impasse de uma sexualidade que se pretendia livre sem se submeter aos intuitos manipulativos do mercado da carne. Fazer valer nosso anseio iluminista por liberdade teria alguma chance de domar o consumo? Num dos meus últimos períodos de análise, eu me deparei com um desdobramento óbvio de tal impasse: como nosso gozo carnal pode ser simultaneamente legítimo e minimizar a dor, mesmo correndo o risco do fiasco? Ou melhor: a dor poderia levar a uma felicidade convulsiva? Nos primórdios dos anos 2000, eu me interessei pelo erotismo sadomasoquista mutuamente consentido, responsável e seguro — a famosa prática BDSM. Pesquisei em leituras, conversas e experimentações. Sim, o gozo podia brotar como furacão no oposto do seu fluxo. Existiria então alguma ponte entre a atração desejante e o fator repulsivo que a impede? Ou ainda mais: seria possível superar a dor mudando seu canal para o gozo? Em última análise, essa proposta alquímica almejava nada mais do que a reconquista do paraíso perdido. Daí, parecia-me fascinante romper barreiras para equacionar paradoxos do psiquismo.

Na mesma época, sofri um desses abalos indiretos da vida que acabam balançando diretamente as estruturas. Durante uma entrevista, eu havia conhecido um jovem que trabalhava na Pastoral Carcerária. Naquele nosso encontro profissional, percebi como ele era inteligente, generoso e assertivo, ainda que tímido. Irradiava um raro frescor de juventude com um ímã que parecia nascer do seu olhar: fitava de modo genuíno, sem se esconder. Do pouco que eu soube depois, ele prosseguiu numa carreira promissora de jornalista. Certo dia, recebi um telefonema dele pedindo contato de um advogado. Estava na entrada do Shopping Frei Caneca, onde um segurança impedia a ele e seu namorado de entrar depois de terem trocado um beijo ao se encontrarem. Destemido e bem informado, ele queria mover uma ação judicial contra o shopping com base na lei estadual 10 948, de 2001. Eu lhe indiquei um amigo advogado e a partir daí gerou-se um protesto coletivo, com beijaços públicos que levaram o shopping a se retratar. Ele não reivindicou nada, nem alardeou sua coragem. Desde então eu o incluí no rol dos meus "modelos de esperança". Poucos anos depois, esse mesmo rapaz se matou de maneira cruel e planejada, inclusive frequentando grupos suicidas na internet. O nível de perplexidade que enfrentei se tornou o foco central de um novo período de análise a que me propus.

Em meio ao sofrimento provocado por esse caso, fui convidado pelo grupo Os Satyros a escrever uma peça de teatro. Sem titubear, busquei auxílio na alquimia da arte e decidi escrever algo que se equilibrasse na corda bamba do "desejo convulsivo". Para tanto, não tive escolha senão criar uma cena sadomasoquista envolta em um somatório de paradoxos. Na peça, um rapaz, que ganha a vida como prostituto homossexual, reencontra e leva para casa um policial com quem já tivera um encontro amoroso. Ele gosta de se submeter ao papel de *slave*, enquanto o parceiro funciona como seu *master*, usando-o sexualmente e dando-lhe ordens. O espetáculo se resumia ao mínimo de ação, num clima contemplativo. Detalhe: o policial *master* nunca aparece nem se ouve. No texto, só existe o que o michê fala. Assiste-se a um grande monólogo. Pelo tom das suas pausas e reações se supõe que esteja em interlocução com seu *master*, presente nos bastidores. O cenário, que se erguia como um espaço quadrangular, remetia a um sacrário cristão, no centro do qual se encontrava o rapaz nu, de joelhos, algemado e acorrentado a uma cruz de Santo André (em X), todo mijado por um recente *golden shower*. Eu queria elementos que remetessem à pornografia no sentido corrente como canal para abordar a dor humana e o veneno do desepero.

A ação se passa numa Quinta-Feira Santa, data em que Jesus teria instituído o mandamento do amor, daí o título da peça: *Hoje é dia do amor*. Nessas conjunções díspares, articulava-se um clima de sacralidade cujo cerne dramático se organizava em torno do episódio bíblico da luta entre Jacó e o Anjo, tal como narrado em tom épico pelo michê. Como detonador da ação, inseri o "modelo de esperança" que eu acabara de perder. Solitário na cena, o michê revela ao *master* seu desespero após receber a notícia do suicídio de um amigo e amante, cuja determinação cruel de se matar o levara a se sufocar num saco plástico ao mesmo tempo que punha fogo em sua cama. O michê procura na entrega ao policial algum consolo para a dor de alma que o afeta, com a perda de mais um naco de esperança. Ele busca, basicamente, a força de um Deus. Mas Deus ali não tem imagem nem voz. Sua existência talvez não passe de um sonho, tal como a nossa fantasia de esperança. O desenlace da peça caminha para essa evidência. Sempre algemado, o michê se assusta ao ver no bastidor o seu *master* apontando-lhe um revólver. Ouve-se um tiro. Um berro. Mas ali ocorreu não mais que um novo suicídio. Ao ver o corpo sem vida do policial, o michê salta como um Prometeu querendo romper suas correntes e berra sua revolta, enquanto mija incontidamente. Soava-lhe injusto aquele desenlace. Nas rubricas da peça, eu indicava que ele expressaria o tamanho da sua frustração com um *golden shower* de pura dor em contraponto àquele do início. Tal como no célebre quadro de Rembrandt, em que o bebê Ganimedes faz xixi quando raptado por um Zeus em forma de águia, o desespero do michê resultaria num gesto de descontrole urinário com a legitimidade que só uma criança consegue.

Minha rubrica nunca funcionou. Apesar de ingerir bastante líquido antes da peça, o ator nunca conseguiu cumprir esse desafio. Mal podia esperar o fim dos aplausos para sair correndo até o banheiro e se aliviar. Mas havia uma certeza. Durante toda a curta temporada do espetáculo, eu pude constatar rostos assustados e calados durante a saída. Quem tivesse vindo pela beleza do ator nu passava por uma experiência de frustração reveladora. Vivenciava seu próprio desespero mesmo sem ter se mijado — como a pretensiosa rubrica propunha.

O tema da minha análise se concentrou na perplexidade que eu escancarava na peça: estava acorrentado, sem pistas para a esperança. Encarar a certeza dessa ausência devia ser tarefa minha, tão somente. Não voltei a fazer análise. Daí em diante, sujeito a ventos e tempestades, cabia a mim cavar sozinho meu próprio abismo.

PARTE 2
Adoecer do outro

Em meados de novembro de 1994, quando eu me preparava para lançar *Ana em Veneza*, recebemos a notícia de que nosso irmão Cláudio estava seriamente doente. Seu tratamento homeopático não conseguia identificar o problema, e seu médico nem sequer pediu um exame de sangue. Nosso irmão Toninho buscou especialistas que conhecia no Hospital Albert Einstein e decidiu-se pela urgência de fazer exames detalhados. Na data e horário definidos, fomos encontrar Ziza e Cláudio num trecho do acostamento da marginal Pinheiros, vindos de Jundiaí e a caminho do hospital. A gente estava com os músculos enrijecidos e a respiração suspensa de medo. Quando estacionamos junto ao carro deles, Cláudio desembarcou, ajudado por Ziza. Ao vê-lo… bem, não sei com quais olhos eu o enxerguei. Nem com quais palavras descrever o impacto da sua imagem, tanto quanto jamais poderei esquecer o choque sofrido. Lembro que ficamos paralisados, mas não de um pequeno susto. Sei que a dor entrou pelo meu olhar e bateu na alma, com o estrago de uma explosão. Mal contive um grito. De pânico. De horror. Diante de mim estava um Cláudio periclitante, uma cópia maligna, deturpada e ferida do belo homem que conhecíamos, agora desfigurado por uma barriga descomunal, cabelos secos esbranquiçados, olhos opacos de tristeza e toda a extensão da pele tomada por um amarelo esverdeado, quase fantasmagórico. Tentou falar, mas não conseguiu. Essa visão me obrigou a buscar apoio na capota do carro para manter o equilíbro. Talvez eu tenha desejado secretamente estar longe daquela cena, a quilômetros de distância da Terra. Sim, sobre dores cotidianas é verdade que a gente se depara com obviedades reveladas. Milhares de pessoas, todos os dias, em todos os séculos e continentes, sofrem o amor ferido, contemplando o estrago que a vida pode provocar em alguém tão familiarmente amado. Mas só se tem ideia exata desse impacto quando nossos olhos ficam cegos de tanto doer e nosso coração é vitimado por nada menos do que o desmoronamento dos sonhos de felicidade. Ali eu suspeitei que algo se acabara.

Cláudio foi internado às pressas no Einstein com anemia profunda e suspeita de câncer nos rins ou nas suprarrenais. Era já madrugada quando eu e Toninho saímos de lá em pânico, desamparados, massacrados. Toninho, que havia muito mantinha uma relação meramente formal com o Cláudio, quase rompidos, chorava de desespero, berrando no meio da rua que não queria perder seu irmãozinho. Enquanto ainda não sabíamos do que se tratava, chorei a noite inteira e todo o domingo. Vivia o pesadelo de perder uma das pessoas a quem mais amo no mundo.

Antes de Cláudio ir para a mesa de operação, no dia 22 de novembro, não sabíamos o que iria acontecer. Ficamos a sua volta, agarrando suas mãos e lhe dando forças enquanto ele ia perdendo os sentidos após o anestésico. Enquanto ia sendo levado na maca, já vestido para o procedimento, seus olhos procuravam os nossos cheios de um brilho infantil, como se tentasse agarrar-se ao nosso antigo amor de crianças. Durante a cirurgia de quase sete horas, encontrou-se na altura do seu abdômen um enorme câncer linfático que estava pressionando o rim direito, daí as dores intensas. Feitos todos os exames e biópsias, felizmente não havia outros órgãos afetados. Apenas pequenos sinais de cirrose no fígado — provável resultado de algum excesso de bebida alcoólica. Cláudio precisaria passar por um tratamento quimioterápico durante uns dez meses, com todas as consequências e efeitos colaterais. Mas a descoberta do linfoma foi um alívio, de certo modo, pois era do tipo mais tratável com quimioterapia. Segundo os especialistas, tratava-se de um câncer linfático com setenta a oitenta por cento de possibilidade de cura. O médico que o operou disse que Cláudio tinha tirado a sorte grande.

Havia quase dois anos eu recebera o diagnóstico de infecção pelo HIV. Até aquele momento, dentro da família era eu o protagonista da batalha contra a morte anunciada. Agora, éramos dois. Eu e meu irmão adorado, companheiro nos momentos difíceis e nas maiores alegrias. Senti esvair-se para sempre aquela sensação de perenidade que me invadia quando telefonava para Jundiaí e ouvia o som da sua voz, sempre entusiástica ao perceber que era eu: "Joããããããooo!". Aqueles dias pareciam acabados. Não apenas eu mostrava marcas indeléveis de que a vida, apesar dos esforços, é uma luta vã. Também meu irmão, meu grande esteio, caía na vala comum onde tudo prenunciava dor. Mas, entre nós dois, eu ainda era aquele condenado a uma situação incurável, já que não havia nenhuma perspectiva de tratamento efetivo contra o HIV.

Desde o começo percebi que a dor estava nos submetendo a uma experiência radical. Rezo como quem respira. Nunca tinha vivido a fé com tanta intensidade, mesmo que continue nebulosa e sem rumo. Seria resultado do amor que vivenciamos? Eu, Toninho e Lurdinha estamos muito juntos. A atuação do Toninho, em particular, foi surpreendente. Acionou todos os seus contatos para juntar a melhor equipe, pois o Cláudio infelizmente não tem seguro-saúde, o que sugere uma tragédia à parte com os gastos no tratamento. Mas ali começava uma outra prova para nós, emocionalmente abalados pela premência. O amor que vivíamos era real. Mas a vida tinha nos atirado numa gaiola de aflições, e a gente se debatia sem encontrar a saída. Tateávamos às cegas em busca de soluções e procurávamos adivinhar o que fazer no momento seguinte. As trombadas eram inevitáveis, e conflitos antigos podiam eclodir. Na mesma noite angustiante à espera da cirurgia do Cláudio, aconteceu um inesperado embate entre mim e Toninho quando ele me advertiu, em tom ameaçador, que não dissesse nada pesado ao Cláudio. Não entendi do que eu estava sendo acusado. O desdobramento foi um bate-boca tenso, entre berros. No final, cada um foi para o seu lado chorar escondido. Não era nada agradável viver numa gangorra emocional.

Da minha parte, havia um ingrediente a mais: o estranho labirinto da vida, que espelhava minha doença na doença do meu irmão mais querido. A experiência hospitalar era extenuante. Eu saía de lá estressado. Das primeiras vezes que fui ao hospital, eu me esforçava para não passar mal. Sentia como uma antecipação da minha possível internação caso adoecesse de aids. Falei com meu médico. Me sentia inseguro, temia sofrer algum tipo de infecção hospitalar. Mas tinha medo sobretudo de passar alguma doença para meu irmão, com suas defesas imunológicas fragilizadas pelo tratamento quimioterápico. E queria deixar sossegado tanto a ele quanto o restante da família. Consultei o meu médico, dr. Adauto, que me tranquilizou. Ainda inseguro, conversei também com o médico do Cláudio. Sem problema, me asseverou ele. Pelo menos numa ocasião tive que pernoitar no hospital. Muitas outras vezes vinha de ônibus até o Einstein para passar tardes inteiras ao lado dele, enquanto sua mulher Ziza ia a Jundiaí cuidar de assuntos da livraria e da família. Fui me acostumando, ainda que várias vezes precisasse usar máscara cirúrgica, quando Cláudio apresentava glóbulos brancos muito reduzidos. O tratamento quimioterápico estava sendo duro para ele. Suas defesas imunológicas baixaram, o que acarretou infecções várias. Cláudio já estava com mucosite e uma infecção intestinal que lhe dificultava evacuar. Seus cabelos começaram a cair. Sua massa muscular diminuiu, ficou espantosamente magro. Sentia dores na barriga e na musculatura do corpo todo. Dores intensas, provocadas pela medicação. Mas Cláudio gostava da minha presença. Quando podia, conversávamos muito.

Cláudio foi autorizado a passar as festas de fim de ano em sua casa, na chácara de Jundiaí. Em resposta à nossa perplexidade, escrevi um poema para ler na noite de Natal, diante das famílias dos meus dois irmãos e minha irmã, lá reunidos. Com medo de que pudesse chocar o Cláudio, pedi que sua mulher, Ziza, lesse antes. Ela considerou forte mas significativo. Li o poema antes da ceia, diante dos rostos contorcidos de cada um de nós que enfrentávamos nossa primeira doença coletiva.

PRESENTE DE NATAL

É Natal.
E o céu nos deu um câncer.
E é terrível pensar que o céu
tantas vezes chamado a nos proteger
abalou nossa vida com tanta crueldade,
instilando nela
células loucas, roucas células
que nos deixam insones
com seus gritos.
O que querem elas dizer?
O céu desabou sobre nós em forma de câncer
batendo à nossa porta
para mostrar onde estamos.
E esse anúncio nos foi dado
por aquela companheira clandestina
cujo nome escondemos
para fazer de conta que não existe.
O câncer.
E então lembramos dela profundamente
e ela vem até nós
sorrindo com a simplicidade genuína
que só os grandes sabem ter.
A Morte chega e nos diz:
Eis teu câncer, irmão, irmã.
E nos entrega de volta a nós mesmos.
E de repente
o céu desaba sobre nós.
E são passados a limpo todos os sentidos.
O coração dói.
Os olhos veem como um cego pela primeira vez.

Certas glândulas ainda produzem dor
líquida, misturada com sal.
Nossas pernas bambeiam.
O corpo foge ao nosso controle.
E a vida parece nos dar as costas.
Ah, então não somos eternos.
Como é triste ser perecível, pensamos nós.
Ah, nossos olhos revelam o conhecimento
da fatalidade:
ficaram embaçados,
e nós nos tornamos habitantes
de um museu de cera.
Ah, nossos cabelos
estão caindo de dor
e de dor rugem nossos ossos,
protestam nossos músculos.
E no meio do sofrimento maior do que nós
nosso câncer começa a brilhar
como a estrela-guia
de todos os Natais.
Uma estrela de células loucas
levou-nos de repente
até o mais fundo de nós.
E aqueles desvãos onde nunca pudemos pisar
em vinte anos
iluminam-se em algumas horas
e nosso câncer mostra.
A Revelação:
somos filhos do desamparo.
Então vemos nossos rostos
de crianças assustadas.
E tudo o que eles revelam
é o amor.

E graças à dor do nosso câncer
nós entendemos.
O céu nos amou tanto que nos deu um câncer
para que nossos olhos se abrissem
e nossos corações duros encarassem
o perdão.
E pedimos perdão a nós mesmos.
E abraçamos como loucos a dor
porque nunca deixamos de ser crianças desamparadas
e a dor é parte dessa eterna infância.
Algo bateu à nossa porta
e subitamente lembramos.
Estamos vivos,
latejando,
cumprimos um circuito nada fechado
pois tudo pulsa ao nosso redor,
desde a menor das moléculas
até a mais majestosa estrela.
Nossos passos fazem parte de um balé
dançado pelo infinito
que se chama Cosmos.
E nós não estamos sós.
Ah, sim, que venham à tona
todas as lembranças de todos os Natais,
que a alegria tome conta
da nossa consciência conturbada
pelos horrores de todos os dias.
Queremos a linguagem dos olhares, dos beijos e abraços.
Como crianças, vamos reaprender a andar
todos os dias.
E amar as células loucas,

roucas de tanto gritar
o nome da vida que já andava esquecido
dentro de nós.
Nosso câncer era uma gravidez indesejada.
E agora algo nasceu.
E nos foi revelado o milagre:
ainda que esqueçamos,
ainda que nossa vontade diga o contrário,
revela-se maior do que nós
a nossa vocação para amar.
É Natal.
O mistério está mais perto de nós.
O céu nos deu um câncer
como uma estrela nova
a brilhar.
E nunca fomos tão amados,
ó dor.

(*Para o Cláudio, que teve o nosso câncer,*
Natal de 1994.)

Fiquei em Jundiaí com o Cláudio. Na passagem do ano, ele me abraçava longamente e repetia, em prantos: "Eu estou vivo, João. Eu estou vivo".

Alguns dias depois, Cláudio precisou ser hospitalizado de novo. Minha irmã me telefonou sugerindo que isso tinha ocorrido por causa do meu poema, que lhe pareceu chocante demais. Apesar de ter doído, essa acusação indireta não me abalou. Através do poema, eu disse a mim mesmo coisas que não saberia entender de outra maneira. Quis compartilhar com os demais minha percepção a respeito do meu irmão, visando sobretudo ampliar-lhe o horizonte. Supus que o ajudaria a encontrar o caminho em direção a si mesmo. Era o melhor que meu amor podia fazer por ele. Se fui ou não compreendido pela família é coisa que foge ao meu alcance. Mesmo porque eu estava falando também sobre o meu câncer, a minha dor.

Em meio à sensação de desamparo e impotência, ocorreu-me a ideia de escrever algo como um texto autobiográfico sobre esse período — se possível, a quatro mãos. Imaginava fazer com que o Cláudio fosse estimulado a dialogar com sua doença, sem nenhuma intenção além de colher fatos e encarar os nós emocionais responsáveis pelo doloroso travamento interior que ele enfrentava. Lembrei do livro *Desgraça indesejada*, de Peter Handke, no qual ele narra desordenadamente suas reações emocionais após o suicídio da mãe. Li esse livro em 1984, quando estava na Alemanha, e lembro que fiquei deslumbrado com sua contundência. Pensei em articular algo assim: fragmentos de uma dor.

Se inicialmente havia topado a empreitada com certo entusiasmo, Cláudio logo foi manifestando desinteresse até descartar sua participação no projeto de escrita. De algum modo, deu a entender que temia ser manipulado. Na época em que comecei a tomar estas notas, eu próprio esperava obter efeitos balsâmicos ao encarar nossa ferida. Mal sabia que ia atravessar o umbral de um mistério chamado Cláudio José Trevisan, meu confidente, o melhor dos amigos, um ser adorado. E um total desconhecido. Passei a fazer sozinho o relato.

Isto é um rascunho. Eu pretendia escrever como sempre faço: preparar um projeto antes de trabalhar na obra. Mas se trata de extrema urgência — e da vida, que segue aos trancos e barrancos, com sua trajetória impossível de prenunciar. O fato é que preciso escrever. De qualquer jeito, mas escrever. Rascunhos. Assim como a vida é um amontoado de rascunhos. Nunca se vive exatamente como se quer ou se planeja, tem sempre algo escapando das expectativas. Que o rascunho se torne obra. Que eu corra o risco. Tanto quanto a vida do meu irmão. E a minha. Será o retrato da nossa dor, cujas ferroadas não se pode antecipar nem evitar.

De início, ouso me perguntar se sua doença — fulminante, ainda que seja um tipo de câncer curável — teria alguma relação com a ferida aberta no embate entre seu amor e seu tormento diante do nosso pai. Não sou o único da família a suspeitar. Apenas arrisco alguma hipótese que ajude a compreender o mistério de Cláudio José Trevisan.

Há anos mantenho um livro em que anoto meus sonhos, como tentativa de decifrar (e dialogar com) meu inconsciente. Na noite de 25 para 26 de julho de 1995, tive um sonho que chamei de "Saudades do meu irmão":

> Estamos numa casa velha e ampla, ensolarada mas simples, com longas varandas, quase senhorial — um pouco como a imagem ideal que tenho da minha casa de infância em Ribeirão Bonito, que era todo o oposto disso. Meu irmão Cláudio me evita. Não há nenhuma agressividade, apenas frieza. Ele já não me dá importância. Em vez disso, subs-

tituiu-me por uma prima feia. Anda pra cima e pra baixo com ela, conversando e brincando animadamente. Tudo o que eu possa fazer é inútil para ser notado. Sofro muito porque não entendo, e ele é meu irmão lindo, adorado. No final, perco a paciência e começo a jogar bolotas nas paredes de casa, sem conseguir me aplacar. As bolotas lembram merda.

O sonho expressa a mudança na relação do Cláudio comigo, que começou quando aumentaram as dificuldades no tratamento do seu câncer linfático. Cláudio perdeu todo entusiasmo, resumindo-se a manifestar revolta contra a doença — o que me deixou quase desesperado na época, pois coincidiu com seu afastamento de mim. Não foi agressivo, mas explícito. Houve um momento em que ele me acusou de o estar forçando a um caminho que não era o dele (apesar de que sempre fui muito devagar e só avancei porque antes ele manifestara desejo explícito de fazer uma mudança radical em sua vida). Eu, que cada vez mais considero as doenças como grandes trampolins para o crescimento interior, passei a me calar por temor de o estar invadindo. Hoje ele conversa coisas pessoais muito mais com nosso irmão Toninho do que comigo. Acho que o atemorizo com minha postura, sentida como radical demais, diante da vida, da doença e da morte. Existe até a possibilidade de Cláudio ter se afastado como gesto de defesa perante o meu HIV. Seu anseio pela cura talvez crie esse distanciamento como forma de marcar as diferenças entre uma doença supostamente curável (o seu câncer) e o meu vírus incurável, que significa a morte mais cedo ou mais tarde. Não creio que eu sinta ciúme. Acho que sua reaproximação com Toninho é fundamental para sua cura, e isso me dá alegria. Mas me sinto abandonado e, de certo modo, excluído e estigmatizado por uma das pessoas a quem mais amo e que me deixa sozinho quando a vida nos juntou, inesperadamente, no mesmo caminho da doença. O sonho é mais do que metafórico. É descritivo. Acordei bastante melancólico, como se estivesse dizendo adeus àquilo que meu adorado irmão deixou de ser pra mim.

Por sugestão e insistência do Cláudio, viajamos os quatro irmãos a Ribeirão Bonito, nossa cidade natal, para comemorar sua cura. Dentro do quarto do hotelzinho, encontro Cláudio chorando solitário, com medo da morte. Curvado, cabelos brancos e ralos por causa do tratamento quimioterápico, ele soluçava. Tudo o que consegui fazer foi respeitar aquele seu momento de dor arraigada e de medo muito radical da morte. Ele sentia que alguma coisa ruim estava acontecendo com seu corpo. Chorava e chorava, como uma criança diante do seu irmão mais velho, sem se preocupar em esconder. Essa cena jamais sairá da minha lembrança. O mais perfeito retrato do nosso desamparo.

Do meu diário, em 28 de agosto de 1995:

> Meu adorado Cláudio está de novo no hospital. Logo depois de ver seu tratamento quimioterápico terminado, constata-se que o câncer linfático voltou, ainda pior. Tínhamos ido a Ribeirão Bonito, neste fim de semana, justamente para celebrar sua recuperação. Queríamos resgatar juntos os locais marcantes de nossa infância. Conseguimos ir até a fazenda onde mamãe nasceu e trabalhou na roça. Cláudio pouco conseguiu saborear. Tinha muita dor nas pernas, estava falando com alguma desarticulação e, a partir de certo momento, começou a vomitar repetidamente. Volta-

mos no domingo de manhã, antes do previsto. No mesmo dia ele foi internado no Albert Einstein. Suspeitava-se de meningite. Mas não. Contra nossa expectativa, as coisas se complicaram. Os sintomas já indicavam presença do câncer em terminais nervosos. Os médicos estão pasmos e macambúzios: a recorrência desse câncer só acontece a cada dois casos em cem, segundo eles. Cláudio vai ter que sofrer doses diárias de quimioterapia e, por certo período, também radioterapia, diretamente no líquor cefalorraquidiano. Sofro ao ver na lembrança sua imagem desgastada, sua vitalidade diminuída, seu sorriso rarefeito. Meu irmão enfrenta um caminho espinhoso. Choro, choro. Passo o dia brigando com uma vela de sete dias que se recusa a ficar acesa no banheiro. É tudo o que consigo fazer, no meio da imensa sensação de impotência que me assalta.

Tivemos oito meses de franca jornada de esperança, com ótimos resultados segundo a equipe médica. Justo quando comemorávamos o final do seu tratamento quimioterápico recebemos a inesperada notícia da recidivização da doença. Meu irmão apareceu com novo câncer, dessa vez com ramificações no líquor da medula e no cérebro. Cláudio chorou desesperado. A tormenta recomeçava, quase redobrada. Para mim, foram horas e dias sonhando (de olhos abertos ou fechados) com aquelas células homicidas tomando conta do meu irmão, como se eu as flagrasse e, ainda assim, nada pudesse fazer. Numa noite fria no início de novembro, conversei por telefone com Cláudio. Ele tinha medo de tudo e achava que estavam sugando sua energia — não sei se estava me incluindo. Em prantos, ambos, eu lhe prometi que iria fazer o que ele quisesse para ajudá-lo a se safar do novo câncer, que era meu, de todos nós. Iria escrever um livro onde sua dor fosse protagonista.

A visão de Cláudio está começando a ficar embaralhada num dos olhos, assim como ele vem perdendo a sensibilidade numa parte do rosto, além de ter problemas de controle na garganta e estômago. Seus vômitos em Ribeirão Bonito eram sintoma disso. Minha cabeça vira do avesso. Corro pra cima e pra baixo, ainda sem saber o que fazer direito. Acendo velas. Tudo o que consigo é acender velas. Seja lá para quem puder ver sua luz e me apontar um caminho. À noite, rolo na cama. Não sei se é consciente ou não, mas acordo a todo momento assombrado pela ideia das células loucas no corpo do meu irmão.

Na madrugada vazia, choro em total desconsolo. Quero proteger Cláudio com o meu amor, mas não vejo como. "Tem que haver um pai. Em algum lugar tem que haver um pai." Grito. "Um pai que abençoe e proteja a gente. Ao meu irmãozinho e a mim. Que lhe aponte o sentido da dor. Tem que haver um sentido." Ainda que eu conheça bem a experiência, sempre dói sentir solidão ante a ameaça de perder alguém amado. Acho que passamos todos pela vida sem quase nada entender. Mas o que me assusta sobremaneira é a hipótese de chegar diante da morte inevitavelmente revoltado, perdido, confuso, sem nenhuma paz, como tem ocorrido com meu irmão que, em sua vida, foi tanto amor. Será que a morte é inevitavelmente sentida como decadência, o ponto mais baixo, o fiasco final de uma piada sem graça?

No princípio de setembro, volto à minha terapeuta Carminha Levy, que eu havia abandonado desde o final de 1993 quando embarquei na redação da terceira parte do *Ana em Veneza* (porque pretendia fazer sozinho o mergulho em busca da personagem Ana). Preciso saber como ajudar meu irmão a vencer sua doença. Em desespero, penso fazer um pacto com ele de que vamos vencê-la juntos. Carminha acha perigoso. Acostumado a ser bode expiatório, sou capaz de reverter a situação para mim. Meu irmão está fragilizado, permanentemente à beira da depressão. Chegar até ele de modo racional é quase impossível. Melhor abrir meu coração e deixar que amor e misericórdia passem direto para o seu coração, diz ela. É bonito: mas como fazer? Haverá tempo suficiente para esse amor de efeito tão lento? Em todo caso, vou a um centro de umbanda consultar uma médium de cura por ela recomendada. Quero ter pelo Cláudio o mesmo amor incondicional de uma mãe. E meu irmão precisa saber disso.

De noite, não acho direito o caminho. Ao chegar ao número indicado pela Carminha, eu me vejo diante de uma casa bonita, da década de 1950, sem placa indicativa. Não sei exatamente do que se trata. Sou recebido por um senhor gentil, todo de branco, que me dá uma placa com um número pelo qual vou ser chamado. Fico chateado porque a mulher que Carminha me indicou não virá. O homem me recomenda tirar os sapatos, a jaqueta, tudo o que for de metal, e esperar. Vou me sentar numa das cadeiras dispostas em fileiras onde outras pessoas já aguardam. Fico impressionado com os vários jovens ali presentes, alguns até com camisetas de roqueiro. O ambiente é todo muito claro, apesar do salão diante de nós estar às escuras. Ouve-se um lindo canto gregoriano. Fecho os olhos e aproveito para meditar. Começa aí o mergulho. Por cerca de vinte minutos, vou entrando em contato com o meu corpo, algo que não conseguia há muito tempo. É fantástico tomar consciência de que sou uma máquina que funciona gentilmente, obedientemente, e nunca me ocorre falar com ela, agradecer. No final, me sinto recarregado. Abro os olhos e vejo entrar várias pessoas de branco, homens e mulheres, para o início da cerimônia. Ao fundo, há um altar com imagens de santos. Para minha surpresa, não se trata de um centro espírita, pois os mentores começam a saudar orixás e caboclos. Ajoelham-se e saúdam. Parte deles inicia o processo de transe, sob os cuidados dos demais acompanhantes. Por fim os médiuns ou pais de santo, uns dez de cada lado, sentam-se em banquetas, nos cantos, para receber os clientes. O sincretismo me parece ainda mais estranho quando começa a tocar música clássica enquanto os fiéis são atendidos. Há murmúrios por todo lado. Me sinto emocionalmente muito frágil, mas aberto. Quando sou chamado, o caboclo que me atende é um negro. Fico ainda mais emocionado com a coincidência de ser acolhido por um preto velho — tal como a velha Ana Brazilera, minha personagem — e começo a chorar. Duas negritudes sagradas me abençoam, na ficção e na vida real. Eu me sinto perdido no mundo, mas confio totalmente naquele ser de voz enrolada, e lhe peço socorro. O pai de santo pega nas minhas mãos, com doçura, e pergunta: "Por que o menino tá com o coração tão magoado?". Conto-lhe do Cláudio e peço que o ajude. Ele diz que a situação é grave mas não insolúvel. Se Cláudio é ainda jovem, às vezes é melhor para o espírito da pessoa deixar o corpo na juventude. Mas diz que meu irmão precisa querer viver. Pede que eu escreva seu nome num papel, enrola-o e amarra em torno de uma vela. Depois, pede que eu mentalize meu irmão enquanto ele vai pedir luz. É fantástico.

Basta fechar os olhos e vejo o Cláudio sorridente e de braços abertos, como fazia ao me receber em sua casa nos fins de semana. O Cláudio da minha visão tem um brilho no olhar que desapareceu há muito. Fico longamente assim. O homem parece mentalizar também, sem nunca deixar de segurar minhas mãos e me passar ternura. Nem por um segundo perco a imagem luminosa do meu irmão. Finalmente o médium volta a me falar, sempre com sua voz estremunhada, que viu uma luz deslumbrante e que isso é bom. Pede que eu mande rezar uma missa pelo Cláudio e por seu anjo da guarda. Como lhe digo que meu irmão não acredita muito na Bíblia, ele recomenda que eu copie dois salmos, o 26 e o 60 (ou 27 e 61, na contagem da vulgata) e coloque debaixo do colchão dele. Depois manda vir uma rosa branca e me diz para comunicar ao meu irmão que não desanime: a vida é linda como uma rosa, mas tem seus espinhos. Ainda estou muito comovido com sua grande ternura. Volto a me sentar nas cadeiras enfileiradas. Então começa a tocar o segundo movimento do meu adorado concerto para clarineta de Mozart. Tomo aquilo como uma bênção e fico quieto, em prantos. Quem sou eu, sozinho assim no mundo, sem pai nem ninguém? Apesar de tudo, confio. E agradeço, agradeço. A não sei quem, mas agradeço. Talvez a mim mesmo.

É muito difícil a conversa com o Cláudio. Quando dou por mim, estou lhe comunicando meu receio de que ele não queira viver. Cláudio começa a chorar e a me repreender que assim eu estou lhe tirando as poucas energias que restam, porque o acuso de um absurdo, ele quer sim viver. Fica magoado comigo. Carminha tinha me dito que ele está muito fragilizado. Não durmo a noite inteira, me penitenciando pelo que me pareceu um escorregão meu. Choro muito. Estou diante de uma tarefa pesada demais e temo não poder cumprir. Infelizmente, precisamos ir à casa do Toninho, em Itu, para um churrasco. Cláudio passa o dia de cara fechada, resmungando de tudo. Não responde às perguntas de ninguém, carrancudo. Está afônico. Me diz, como uma acusação, que é reação psicológica à nossa conversa. No decorrer do dia todo, tenho a sensação dolorosa de que ele me odeia e está me punindo. Sofro e me sinto culpado. Tenho muito medo de que Toninho possa ser informado e me agrida de novo. Eu não aguentaria. A sorte é que Vitinho está lá e me solicita. Fico o tempo todo brincando com ele, que adora repetir infinitamente a mesma ação de tirar água da piscina e colocar numa bacia. Me chama de *padinho* João. Ele me ama. Fico orgulhoso. Ele é tão sensível que me comove. Enquanto a babá troca sua roupa, eu o ouço lhe falando no seu dialeto de criança: "A Tata gosta Vitor?". A babá diz que sim, ele abre um lindo sorriso. À noite, de volta a Jundiaí, surpreendentemente Cláudio manifesta desejo de conversar comigo, mas não pode falar muito. Então lhe conto do pai de santo e das orientações que me deu. Para meu espanto, ele se torna muito receptivo. Diz que vai escrever os salmos com sua própria letra. Quer participar da missa e quer ir ao centro onde estive. Quando copia os dois salmos, ele fica deslumbrado com o 27. "Como é lindo, João. Eu tinha preconceito contra a Bíblia. Como essa súplica é linda." E lê alto: "Que um exército acampe contra mim, meu coração não temerá. Que uma guerra estoure contra mim, mesmo assim estarei confiante". Vejo a transformação em seu rosto. É como se a Graça atuasse ali diante dos meus olhos e eu visse o milagre. Meu irmão precisa aprender a pedir, e os velhos Salmos da bíblia lhe ensinam isso. Eu jamais teria pensado nessa alternativa: ele lê insistentemente o Salmo 27 e encontra ali, muito clara, sua voz em súplica. Meu amigo Ivo Storniolo precisou traduzir os Salmos do hebraico e eu precisei ir ao pai de santo para que os Salmos chegassem até meu irmão e lhe trouxessem a voz que nunca teve. Sim, tudo é mistério. No meu quarto, acendo uma vela e fico muito tempo ajoelhado, com a cabeça no chão. Minha felicidade não tem tamanho. É tanta que, de novo, não consigo dormir. Não importa que eu pareça louco ou paradoxal. Tudo o que sei — e quero — é agradecer. Mesmo sem ter certeza de um pai.

São Paulo, 12 de setembro de 1995

Meu adorado irmão, é só um bilhetinho pra te dizer que você não está sozinho. Não sei se você faz ideia de quanto eu estou junto de você. E de quanto você é importante pra mim. Acho que você sabe. Mas não quero que se esqueça disso, por favor. Você sabe também que eu sempre me sinto muito solitário e, nessa solidão, você tem sido um grande companheiro de viagem. Na minha vida há poucas pessoas em quem posso confiar tanto, e a quem me expor, como você. Daí por que tenho tanta necessidade da sua presença. Sempre sinto muita falta sua. E não quero te perder. Você vai sair dessa e eu irei te ajudando em tudo o que for necessário. Sempre que precisar de mim, me solicite. Eu sou do meu jeito, nem sempre o mais indicado em circunstâncias práticas, mas acho que tenho a minha viagem, a minha luz e o meu amor, totalmente à tua disposição. Não se esqueça também que tem um bocado de gente que te ama. Mas o mais importante acho que é essa coisa cósmica, uma espécie de berço acolchoado em que a gente vive, sem nem mesmo se dar conta: o grande amor universal. Acho que o mundo só se mantém coeso por um gesto de amor na sua raiz. Quando morrem, as pessoas certamente se transformam em energia que vai se juntar à grande luz já existente. Quando a Ana morre, no meu romance, ela sente que se tornou tudo, que perdeu seu corpo físico mas ganhou uma identidade infinita. Essa é a ideia que eu tenho do amor cósmico. Ele está acima de todos os entraves, armadilhas e contratempos da vida. Os pequenos amores que vivemos são com certeza um reflexo esmaecido desse Grande Amor. É a única coisa que pode dar sentido à existência, à dor e à morte. Cheguei a essa conclusão de FÉ vivendo intensamente minhas dores e meus amores, que às vezes me fizeram sofrer tanto. É verdade que nem sempre resisto e muitas vezes me esqueço desse mistério que nos cerca mas que raramente notamos. Acho que basta abrir bem os olhos ante a realidade à nossa frente para aí enxergar com clareza esse amor em cada detalhe do mundo, mesmo nas coisas mais duras. O AMOR É REAL, dizia teu querido John Lennon. E com essa singeleza ele estava propondo o mais complicado: um ato de fé na verdade básica que é o amor. A partir desse amor você pode se fortalecer e com ele se aparelhar para enfrentar a sua doença. Mas ninguém vai poder fazer isso por você. Fortalecer suas energias é um processo pessoal e intransferível, porque as energias começam a funcionar no momento mesmo em que a gente dá o primeiro impulso para se fortalecer. Ou seja, quando a gente pede a força já começa a ficar forte. O seu tratamento pode ajudar, com certeza. Mas é você quem vai lhe dar a qualidade e o empuxo. Disposto a se fortalecer através da sua fé no amor — que é gerado dentro de você. Deixo um beijo, com todo meu amor e afeto. Sou aquele teu irmão sempre lutando ao teu lado, perto do teu coração. Fique com muita paz. Teu

João

P.S.: Outro dia, conversando com o Ivo, ele citou um autor oriental que tinha uma reflexão precisa sobre como a fé é um ato profundamente pessoal. Dizia: "Quem não tem um templo no seu coração certamente não encontrará seu coração num templo". E ainda: "Quem não conseguir falar com a divindade presente dentro de si não encontrará Deus do lado de fora de si".

Meu irmão vai a um motel com sua mulher, Ziza, pra comemorar o aniversário dela. Apesar da dor, meu irmão ama o sexo e cultiva o humor.

De madrugada, lembro que, na minha família, Cláudio foi o único a se compadecer de mim, me consolando com sua solidariedade, esse meu irmão. Seus ouvidos sempre se abriram totalmente para as minhas histórias. Ele chorou comigo tantas vezes durante as minhas confidências. Cláudio é o irmão do meio. Talvez oprimido por ambos os extremos, o mais velho e o mais novo, tanto quanto a Lurdinha, que vem logo depois de mim. Sempre quieto, de pequeno. Tornou-se o mais belo de nós — mas o fato é que eu sempre me considerei o menos bonito dos quatro. Quando mais jovem, Cláudio tinha um sorriso sensual e um olhar muito intenso, de ator de cinema. É o único homem belo que conheço sem pendores cafajestes e manipuladores. Sempre admirei a linda cicatriz que ele tem entre o pômulo e o olho, não sei se do lado esquerdo ou direito. Eu invejava seu lindo perfil italiano. Quando lhe contei pela primeira vez da minha homossexualidade, tornou-se meu admirador e um amigo incondicional, o único na família capaz de aceitar as minhas diferenças. Sempre compartilhou minhas histórias de amor mais íntimas — ele heterossexual e pai de duas filhas. Sei que muitas vezes sofre por se sentir impotente diante das barras pesadas da minha vida, com os eternos problemas de dinheiro, a solidão e falta de reconhecimento. Sempre me defendeu. Sempre. Pensar em ficar sem ele é como me sentir abandonado entre os leões.

No meio de toda a crise familiar que cerca a doença do Cláudio, eu e sua mulher, Ziza, conversamos muitas vezes, e intensamente. Acho mesmo que nossa amizade e confiança mútua se estreitaram. Neste fim de semana, 10 de setembro de 1995, os dois em pé na cozinha de sua casa, ela me conta algo que eu desconhecia: o desejo manifesto por Cláudio e vivamente aceito por ela de ter um filho adotivo — um menino. Há muitos anos, Cláudio fez operação de vasectomia. Não queria mais gerar filhos. Talvez ele tenha pensado na adoção por se sentir muito só, como homem, dentro de casa, onde convive com quatro mulheres (contando sua sogra) além de inúmeras gatas. Eles chegaram a verificar esquemas de adoção. Mas o sistema é muito complicado. Demora anos. Ziza e eu pensamos na hipótese de que essa seria uma boa solução para trazer o Cláudio de volta ao seu centro pessoal. Fiquei fantasiando longamente sobre a existência de um menino na casa do Cláudio, como sua contrapartida.

Violenta crise de choro, aqui sozinho, neste domingo 24 de setembro, depois de voltar da casa do Cláudio em Jundiaí. O corpo do meu irmão, tão machucado e vergastado pela dor, não é uma visão suportável para quem não crê. Grito sem entender por que tanta dor, pra que todo esse sofrimento que nós humanos passamos na vida. A figura do Cláudio me deixou enternecido e perturbado. Está muito pálido, quase sem cabelos, barba rala, braços e pernas fininhos, anda mancando, apoiando-se nas coisas, como se estivesse sempre prestes a cair. Aliás, outro dia ele foi ao banheiro de madrugada, caiu e bateu a cabeça na privada. Ziza ouviu o barulho e foi encontrá-lo no chão, em prantos, desamparado. Olhando para ele, meu irmão que já foi um touro de vitalidade parece em tudo um menino indefeso, perdido no meio de um furacão. Mais do que isso, fico consternado porque sua figura lembra em muitos detalhes o nosso pai, já no fim da vida, capengando por efeitos neurológicos do alcoolismo. Ambos andam do mesmo jeito torto. Parecem um mesmo personagem perplexo, enternecedor. Fiquei apatetado quando me dei conta de que essa é a maneira como Cláudio está se reencontrando com seu pai, seu problemático pai. Que os céus abençoem a ambos. Eu vivo lado a lado com o desespero, vinte e quatro horas por dia. E tudo o que quero é aprender a conviver com ele. Fazer dessa fraqueza a minha força, quem sabe.

À medida que envelheço, torna-se mais difícil amar, por um motivo que nada tem a ver com o amor. Pra mim, fica cada vez mais difícil amar porque é cada vez mais assustadora a certeza de perder a pessoa amada. Eu pensei que, com a chegada da velhice, fosse acontecer exatamente o contrário. Mas não. Antes, eu me atirava sem pensar nas consequências. Agora, tenho cada vez mais medo. Meço tudo. O que mais pesa, de fato, acaba sendo: até quando esse idílio vai durar? E temo antecipadamente a dor da separação. Tenho sentido isso em relação ao Cláudio e ao Victor, que teve uma broncopneumonia neste fim de semana. Eu o peguei no colo, ele encostava ternamente a cabeça na minha e reclamava: “Vito dodói, padinho, dodói". Eu segurava aquela doçura nos meus braços e sofria. Sinto terror ao imaginar toda a dor que Victor ainda poderá sentir na vida. Não sei se suportaria a visão. Terror é o que sinto, meu Deus! A vida sem Cláudio e sem Victor não parece suportável. É como se eu me tornasse totalmente vulnerável sem o amor deles. Saber que Victor Henrique já me conhece e claramente me ama significa um consolo que me comove até o mais fundo da alma. Quando estamos juntos, a certeza do seu amor me faz exultar de felicidade.

De repente, Cláudio se sente bem melhor. O novo tratamento está quase no fim e o resultado parece um sucesso. Há tempos eu não via meu irmão tão bem-humorado e sorridente. Trabalha muito na livraria, que está reestruturando. Ele empregou um rapaz — amigo de uma amiga minha — que lhe indiquei e parece estar se dando muito bem na livraria, para satisfação do Cláudio. Também o antigo caseiro reapareceu e voltou a trabalhar na chácara. Isso dá muito mais tranquilidade a todos. As galinhas viviam sendo roubadas, e dois rapazes chegaram a invadir a chácara. Mas, como se psicologicamente eu me desse um espaço agora que Cláudio está melhor, sou atacado por um surto de herpes-zóster, no mesmo lugar que ocorreu em 1991, barriga e costas. Não chegou a eclodir porque entrei a tempo com o zovirax. Mas arde muito, até o ponto de não me permitir dormir por duas noites seguidas. Sinto medo, desânimo, insegurança. Sobretudo porque minha vida está uma merda. Os resultados práticos de ter publicado *Ana em Veneza* são tão insignificantes que é como se eu não tivesse escrito nada.

13 de novembro de 1995

Querido irmão, apesar da vontade enorme, ainda não consegui conversar com você de maneira clara sobre as semelhanças dos caminhos que nossas vidas estão percorrendo. Tenho tido muita vontade mas pouco tempo, com essas viagens, os mil trabalhos e a eterna falta de grana. Também sinto medo de te fragilizar ainda mais, considerando que você está numa fase boa, mais animado e com excelente humor, mas ainda sem ter terminado a segunda parte do tratamento. Com o surto de herpes-zóster que tive de novo, duas semanas atrás, voltei a pensar significativamente na coincidência entre nossas doenças quando ninguém suporia que tal coincidência pudesse ocorrer. Não há nenhum consolo nessa minha reflexão. Apenas uma tentativa de encontrar sentido no fato de termos ambos sido vitimados de maneira tão semelhante. Eu apareci com o vírus da aids, o que não foi uma surpresa — há muito eu temia essa possibilidade. Então olhava para você um pouco como se você pudesse ser eterno no meu lugar. Legava minha eternidade a você. Pensava, não tão secretamente, que você levaria adiante a publicação de minhas obras completas (tudo o que sobrará de mim neste mundo) e uma possível fundação (dei até nome: Ganimedeia) para ajudar jovens talentosos e pobres com o dinheiro dos meus direitos autorais — supondo que um dia eu me torne um escritor de sucesso, ainda que depois de morto. Isso me dava muita segurança. Não quero deixar minha obra com pessoas que poderiam expurgar boa parte do que escrevi. Mas de repente aparece o teu câncer. Não sei o que isso quer dizer, mas pressinto que fomos colocados diante de uma mesma situação de choque. Companheiros na vida e na dor. Muito romântico, não é mesmo? Não quer dizer nada senão palavrório. Suspeito que não haja sentido nestas reflexões, que não levam a nada. Mas tem um outro lado, difícil para mim. Eu estou falando publicamente do seu câncer com uma franqueza que não ouso sobre o meu HIV. Já cheguei a mencionar sua doença em entrevistas. Mas não toquei na minha infecção pelo vírus. Às vezes me sinto mal ao pensar nisso. É como se eu não tivesse coragem de assumir minha doença e pegasse carona no teu câncer. É uma contradição que me atormenta, a mim que gosto do jogar aberto. Mas você sabe que, logo após obter o resultado, eu estava decidido a tornar pública a minha situação de saúde. Vocês, meus irmãos, se opuseram, dizendo que isso só iria me trazer problemas. Na minha cabeça, o raciocínio era que eu deveria estar tranquilo com a minha doença do mesmo modo que estive com a minha vida, considerando que ambas estão intrinsecamente ligadas. Além da minha consciência, havia um outro motivo, digamos, altruísta: eu queria que outros infectados se sentissem mais tranquilos, menos escondidos, tal como aconteceu comigo após ler a declaração do Herbert Daniel. Mas fui ficando assustado com as coisas que vi ocorrerem na mídia sempre que se anunciava um caso conhecido de HIV positivo. Agora já não é apenas a exploração sensacionalista e nem tanto a discriminação direta. Trata-se de uma coisa mais sutil, mais hipócrita e por isso ainda mais detestável: agora a sociedade parece descarregar seu sentimento de culpa em cima do doente, tratando-o com mimos. Penso no caso recente do Caio Fernando Abreu, que conheci o suficiente para acompanhar durante anos sua obsessão neurótica (e até agressiva) com a aids, na mesma medida que se recusava assumir sua possível contaminação. De repente ele foi à imprensa e passou a ser visto como um herói "que assume uma coisa tão natural". Por causa disso, ele se tornou um acontecimento da mídia. E, também por causa disso, tem merecido artigos em várias áreas e menções elogiosas de diversas personalidades (até mesmo de Susan Sontag, recentemente). Ora, eu não consigo me ver dentro dessa manipulação humilhante. Se sou um bom escritor, exijo que isso seja reconhecido *por causa da* minha obra e não por causa do meu vírus. Meu vírus não é uma qualidade nem um defeito. Ele é um fato neutro na minha vida, do ponto de vista ético e estético. Ser manipulado por causa dele me causa vômito. Tudo isso me colocou entre a cruz e a espada. E é nesse turbilhão que ainda me encontro. Agora, por exemplo, ao publicar a nova edição de *Devassos no Paraíso*, vejo como quase obrigatória a menção ao meu HIV. No entanto, me assusta que possam me alçar às manchetes *por causa disso*. Tal situação nunca aconteceria se eu tivesse um câncer, você entende? Menos ainda, se eu fosse uma bicha sadia. Durante anos, *Devassos* foi rechaçado pelos editores. Não havia o HIV para me redimir e mascarar a má consciência de quem recusou minha obra por causa da aids.

20 de novembro de 1995

Meu irmão, estou escrevendo mas não acho que vou ter coragem de te mandar esta carta. Estou perdendo o que me resta da fé. Me sinto como um ralo por onde as minhas energias escoam e rapidamente se esvaem. Não consigo mais reter comigo meu pouquinho de fé. Não acho que fui feito para sobreviver. Algo não deu certo e o pior de tudo é que eu nem sequer sei o quê, de modo que nem posso mudar. Lá no Congresso de Escritores no Recife, percebi claramente como incomodo determinado tipo de gente, que quer me ver longe. Mas também fascino outras, muito fortemente. Pena que esse fascínio seja muito mais interessante para tais pessoas do que para mim. Disso tudo me sobra muito pouco, na verdade.

Não vejo como fazer. Estou muito perturbado porque acabo de saber que, com *Ana em Veneza*, não ganhei sequer os 5 mil reais do Prêmio Aplub, que foi para outro romance, também ganhador do Melhor Romance do Ano, da Câmara Brasileira do Livro. É mais um sinal de que não fui aprovado. Tenho medo de que eu seja muito insolente com as pessoas, sem perceber, e esteja pagando por isso. Por não perceber, me acho culpado. É possível até que os críticos desse último prêmio que perdi tenham se irritado muito com as reclamações sobre minha situação pessoal, amplamente exploradas nos jornais. A sensação que tenho é que a apreciação do meu romance depende de circunstâncias que acusam sua fragilidade. Em resumo, não escrevi uma obra tão boa assim. Ah, quem me dera não precisar tanto de dinheiro. Me sinto imensamente inseguro. E isso me deixa muito decepcionado comigo mesmo. A crítica do José Paulo Paes, considerando o último capítulo de *Ana em Veneza* um desastre (sem explicar motivos) que comprometeu todo o romance, ainda martela na minha cabeça como um mistério sem solução. Não fui feito para dar certo. Os elogios são sempre à boca pequena, na surdina, entre iniciados. Nunca resultam numa gratificação real, talvez porque... Não sei por quê, mas a culpa é minha, que não me aparelhei direito para ganhar dinheiro. Sou obrigado, com muita dor, a dar razão àqueles que me acusavam de irrealista. Mesmo gente da minha família, que se refere a mim pejorativamente, inclusive me chamando de fracassado. Ocorre que, comigo, as cartas parecem estar marcadas em se tratando de grana. Fiz as contas e estou trabalhando em onze projetos ao mesmo tempo, dando prioridade a vários deles só para ganhar dinheiro, e todos acabam se atropelando porque a necessidade financeira é cada vez mais premente. Na verdade, sempre que a premiação se torna séria e entra *dinheiro* na jogada, eu perco. Talvez porque meu livro tenha muito mais defeitos do que suponho ou me dizem. Chego a pensar que as pessoas que elogiam o meu romance não são sinceras ou, no mínimo, estão tomando a parte pelo todo e se encantando por motivos muito subjetivos. A propósito, as perspectivas não são boas. A Best Seller não tem mais nenhum interesse no meu livro — talvez buscassem prestígio intelectual às minhas custas e era o que lhes interessava, como me foi dito explicitamente certa vez. No lançamento em Curitiba, que resultou um fiasco de público, ninguém conhecia o meu livro, que só foi colocado na vitrine da livraria no mesmo dia do evento. No Recife não havia um único exemplar de *Ana em Veneza* nas livrarias; na distribuidora local da Best Seller, apenas quatro exemplares. Minha grande oportunidade passou em brancas nuvens e, no espelho, meu rosto me parece cada vez mais feio, envelhecido, inaceitável mesmo. Quem vai querer este lixo que me tornei? Estou sem encantamento. Vivendo um pouco como um zumbi. Ando muito cansado de gastar minha energia, até mesmo para reclamar. Ninguém mais aguenta me ouvir reclamando. Em muitos casos, até mesmo com minha irmã, sou interrompido para mostrar que eles também sofrem etc. Tem gente que pega o bonde das minhas reclamações e me vampiriza até nisso. Na sesta de hoje, comecei a chorar antes de pegar no sono. Pensei no Vitinho, de quem necessito tanto, mas que chegou tarde e nunca conseguirá crescer o suficiente para me encontrar aqui e ser meu amigo. Queria tanto que pudesse sair comigo, conversar, compartilhar um pouco de suas pequenas experiências. Estou triste, meu irmão, cada vez mais triste. Sinto aquela espécie de complacência em ser triste. Parece que não há nada mais a fazer. E você nem sequer pode me ouvir direito, doente como está. Me sinto exaurido, mais ainda do que me imaginaria capaz. Já não encontro encanto nem força e disposição sequer para rezar (do meu jeito) ou pedir socorro e pensar que tem alguém zelando por mim. Lembro do poema do Rilke: na imensidão dos céus, ninguém ouvirá o meu grito. (*Carta nunca mandada.*)

Ontem à noite, no jornal da TV Cultura, notícia de uma tribo de indígenas pernambucanos que está se transferindo para as favelas de São Paulo depois de ter perdido suas terras. São seres perdidos, já aculturados, tentando sobreviver. Sete pessoas moram em um pequeno casebre. Para terem mais chances de emprego e não serem incomodados pelos vizinhos, escondem sua identidade indígena. Dentro de um dos casebres, dançam o toré e pitam seu cachimbo cerimonial (uma espécie de tubo de barro, afilado e com um furo numa ponta). Lá dentro, às escondidas, colocam sobre a mesa seus objetos sagrados. Enquanto dançam, cantam uma oração. Pedem que os deuses os ajudem a manter a fé. Sempre vi a oração como um ato de fé. Mas nunca tinha ouvido falar em rezar *para manter a fé*. É assim que se trava uma luta brutal contra o desespero.

Já te contei por telefone. Leio no jornal uma articulista que se derrete falando do time de futebol "meu Santos adorado". Então, de repente, tudo se esclarece. Ela, talvez santista de nascimento, talvez santista apenas de futebol, não fez à toa aquela terrível referência ao meu livro em sua coluna — ironizando as orelhas em branco da edição, "caso raro em que as orelhas eram melhores do que o romance". Já antes, num jornal de Santos, um crítico resenhou *Ana em Veneza* dizendo tratar-se de um livro chatíssimo, e entregou o jogo ao dizer que a obra vencedora (meu concorrente como Melhor Romance do Ano) é que era empolgante e gostoso de ler. Como eu suspeitava, estavam todos, igualmente santistas, defendendo outro santista, sobre quem fiz uma observação irônica em minha primeira entrevista no *Jornal do Brasil* — ao seu ato de se vangloriar por ter lido cinquenta livros para escrever um romance de época, contrapus os mais de quinhentos títulos que consultei, sem falar dos artigos e filmes para escrever *Ana em Veneza*. Certamente dirão, mais uma vez, que sou paranoico. Claro, tudo com muito cinismo. Mesmo porque eu, exilado, não tenho uma terra natal pra chamar de minha e me defender. Estou arrasado, Cláudio. (*Recado nunca mandado.*)

Na noite de 24 para 25 de novembro de 1995, tenho um estranho sonho com o Cláudio. Acho que pela primeira vez ele aparece doente. Estou, como sempre, num lugar estrangeiro e de passagem, algo como uma cidadezinha perdida nos cafundós do mundo. Cláudio também está lá, com Ziza. A casa onde nos hospedamos é grande. Ficamos num quarto muito amplo (talvez reminiscência do imenso quarto de hotel que ocupei com Lurdinha e Giba em Viena, 1991). De repente, Cláudio decide ir para o Peru e, sem mais, parte com Ziza. Fico sozinho naquele quarto completamente bagunçado. Como me acontece tantas vezes nos sonhos, há gente entrando e saindo do quarto sem me avisar. Fico aflito com minhas coisas espalhadas por ali e ao alcance de quem quiser apanhá-las. Tenho saudade do meu irmão e não entendo por que sua partida é tão intempestiva. Mas suponho estar relacionada com seu câncer. Para piorar, não tenho dinheiro para pagar o hotel, agora que Cláudio partiu. No sonho, fico desarvorado.

Cláudio continua bem, até muito bem, diria eu. Está trabalhando entusiasmado na livraria e chega ao ponto de fazer piadas sobre si mesmo, tal o seu bom humor. Apenas dói-lhe uma das pernas. Na verdade, agora dói apenas o dedão de um dos pés, por mais estranho que pareça. Se for seguir a lógica da homeopatia, sua dor está indo embora. Brinco: "Daqui a pouco a cachorrinha está correndo pelo quintal atrás da tua dor, que abandonou o dedão e foi passear". Conto para ele sobre uma entrevista da cantora portuguesa Eugénia Melo e Castro, que teve leucemia no sistema linfático quando pequena e está aí viajando e cantando, sobrando-lhe apenas baixa resistência física. Só não conseguimos entender se "leucemia no sistema linfático" é a mesma doença do Cláudio.

2 de dezembro de 1995

Meu irmão, não sei exatamente por quê, mas hoje, um sábado solitário, me deu vontade de reler o romance autobiográfico *Cronaca familiare*, de Vasco Pratolini. Lembrei que poderia usar aqui o mesmo recurso do escritor em interlocução direta com o personagem do irmão ausente; é verdade que já venho fazendo isso, de certo modo, mas queria implementar essa técnica. Então fico até de madrugada lendo a esmo o original e a tradução portuguesa. Quando me dou conta, estou mergulhado no nosso próprio passado. Antes de dormir, me lembro que de pequeno, sempre que via aleijados na rua, eu costumava me comover até as lágrimas. Durante anos, busquei insistentemente o motivo. Ainda não tenho certeza, mas desconfio que eu chorava por mim mesmo, porque me identificava com aquelas pessoas, me sentindo eu próprio um deficiente. Isso tem sido motivo de muitas sessões de terapia. Antes de dormir, sentado aqui na beira da cama, sinto muita tristeza. Aquela mesma sensação de fiasco me invadindo. Ao pensar na nossa infância, meu irmão, sinto um pouco de vergonha e desapontamento comigo: em minha vida inteira, quase nunca consegui assumir o papel de irmão mais velho. E quando isso aconteceu, assumi mal porque me sentia inadequado para o papel. Me lembro certa vez, na infância, quando precisei carregar nas costas o Toninho, que chorava porque não conseguia atravessar um areal quente; estávamos todos descalços, meus pés também queimavam; eu não me senti nem um pouco o herói, apenas alguém que exercia uma desagradável tarefa (eu já carregava coisas demais, suponho: desde as frustrações do meu pai até o cesto de pães, que ia entregar depois que o nosso cavalo morreu). De pequeno, sempre fui alguém em busca de proteção — olhado e escarnecido como mariquinha, por causa da minha fragilidade e sensibilidade. Infelizmente, mesmo na vida adulta, minha inaptidão como primogênito nunca deixou de ser real. Já fui socorrido por irmãos, amigos e um namorado. Até hoje sou um chorão de marca maior. Meu choro é intenso, cheio de soluços e solavancos, quase inconsolável. Não se trata de pieguice. É desamparo mesmo.

(Às duas da manhã dessa mesma solitária madrugada de domingo, em que não consigo dormir, não sei por que decido continuar a te escrever.) Ainda sentado na beira da cama, me vem à lembrança a morte da mamãe, em 1971. Vitimada por um aneurisma cerebral, ela passou mais de um mês em estado semicomatoso. Eu, o filho desempregado e por isso mais disponível, fiquei todo esse tempo ao lado de sua cama no Hospital São Camilo, dia e noite, enquanto terminava de fazer o roteiro de *Maria da Tempestade* pra enviar a um concurso (que acabei ganhando). Não que eu reclamasse: a mim me parecia um privilégio poder cuidar dela. Sozinho e assustado com o mistério de ter minha mãe ali e não totalmente ali, eu a olhava como se tomasse conta da coisa mais preciosa da minha vida, ela quase inerte, apenas respirando. Em seguida, mamãe foi transferida para o Hospital do Servidor. Melhorou subitamente e recebeu alta. Foi pra casa. Lembro que eu vivia atrás de pera d'água, muito difícil de encontrar na época; mamãe, uma mulher que se acostumara a comer os pés do frango (a única coisa que sobrava para uma mãe pobre, com quatro filhos e marido glutão), gostava desse tipo de pera, que era mole e mais fácil de comer sem a dentadura. Então eu ia ao Mercado da Lapa procurar a fruta que, além de difícil, era cara. No dia anterior à sua morte, roubei num supermercado (até hoje lembro qual) uma barra de chocolate (inacessível para o meu bolso vazio) e entreguei a ela de presente, avisando: "Um presente roubado de todo o coração para a senhora". Eu ri; ela riu, talvez incrédula. Na sala com a leve cortina recolhida, para não esquentar demais, mamãe ficava sentada próxima do janelão, com aquele seu sorriso que poderia despencar a qualquer momento, de tão frágil. Nós todos vivíamos ao redor dela, perguntando, loucos pra fazer suas vontades. (Como ela era querida!) Papai não entendia nada, perplexo como se fosse o mais desamparado de nós. Mamãe nos olhava e dizia: "Que boba, pensei que ia morrer!". Nós sorríamos de intensa felicidade: tínhamos recuperado a nossa mãe — sem saber que a vida traz surpresas nos dois sentidos. Então, de repente, acordamos naquela madrugada, mamãe puxando o ar com dificuldade, gemendo alto, no quarto da Lurdinha, onde dormia. Não sabíamos o que fazer. Ela estava quase inconsciente e mal conseguia caminhar. Ofegava muito. Sentamos todos no sofá da sala (aquele pavoroso sofá, que às vezes me persegue nos sonhos, com sua cor verde). Tentamos reanimá-la, enquanto um de nós saiu para providenciar um médico (não tínhamos telefone, coisa rara então). Você lembra, meu irmão, que a mamãe deu o último suspiro nos meus braços, naquela horrível madrugada de 10 de setembro de 1971? Ela puxava o ar com dificuldade, desesperada, e de repente afrouxou, emudeceu para sempre. Só depois ficamos sabendo que mamãe teve um ataque fulminante no miocárdio. Nos três dias entre a saída do hospital e sua morte, o coágulo percorrera o caminho do cérebro para o coração. No exato momento do último suspiro lembro que, por baixo da camisola de minha mãe, vi seus seios fartos, como se pela primeira vez; fiquei chocado, não me lembrava como eram os peitos da mamãe e jamais suporia que fossem tão grandes. Foi essa minha maneira inicial de reagir à morte. Eu não sabia o que fazer, ali segurando o cadáver de alguém que fora a coisa mais preciosa da minha vida. Que carcaça incompreensível era aquela? Mais tarde, enquanto o caixão descia à sepultura tosca daquele cemitério coberto de poeira vermelha, quase de faroeste numa terra de ninguém, eu gritava até perder o fôlego. Minha esperança se esvaía impetuosa enquanto eu pensava: "Mas então o que fazer com o amor que sobrou? Onde depositar agora este grande amor que nos unia, a mim e minha mãe?". Apesar de setembro, talvez ainda estivesse frio, pois eu usava meu capotão espanhol comprado num brechó, o mesmo com que fizera minha deslumbrante primeira viagem à Europa, quase dois anos antes. Diante da cova aberta, fiquei gritando sem parar que queria minha mãe de volta. Não sentia o menor acanhamento, nunca tive tanta vontade de gritar assim em minha vida: "Quero minha mãe de volta". Você se lembra de tudo isso, meu irmão? Muitos anos depois, algo parecido aconteceu entre mim e o papai, numa ambulância que atravessava São Paulo de sirene ligada. Dentro, meu pai numa maca, acometido por paralisia quase total, resultante do fígado afetado pela cirrose alcoólica. Eu segurando suas mãos e tentando perdoá-lo de uma vez por todas. Estava perfeitamente consciente disso enquanto lhe dizia: "Não se preocupe, pai, que nós te amamos e nunca vamos te abandonar". Não é engraçado, irmão, que eu, o filho abandônico, me dispusesse a proteger meu pai, tido como o responsável pelo meu abandono emocional? Papai olhava mudo, mas me ouvia e entendia. Lágrimas copiosas saíam de seus olhos. No canto de sua boca, restava um grão de arroz da alimentação que certamente tentaram lhe dar na clínica de desintoxicação onde tinha ficado internado. Limpei o grão de arroz. Naquele momento, senti como se eu tivesse me reconciliado com meu pai. Mas por que tenho vontade de te contar tudo isso agora, de madrugada, quando você está tão bem e recuperado? Talvez porque o teu olhar, aquele que você me dirigiu já na maca a caminho da sala de operação no dia 22 de novembro de 1994, era o mesmo do papai: um olhar de súplica e desamparo profundos. Você estava vestido com a touca e o avental, que eram de um verde desbotado. A pré-anestesia já fizera efeito e você estava semi-inconsciente. Ficamos ao teu redor na cama, cada um de um lado, segurando tuas mãos e te tocando, teus dois irmãos, tua irmã e tua mulher, calados, tentando conter as lágrimas. Eu me sentia forte, terrivelmente forte. Não sei explicar como, mas sei que exigi de mim todas as minhas forças. Pedi que você se entregasse, confiasse no amor que te rodeava — e que era quase invisível, mas perfeitamente palpável. Te disse que isso sim significava muita coisa, quase tudo. Então vieram te buscar e, à medida que os enfermeiros te levavam no carrinho, você lançou aquele olhar, esticando o pescoço para trás: parecia que você olhava só para mim, pedindo socorro e proteção. Enquanto eu viver, jamais vou esquecer aquele olhar. Você era o meu irmãozinho. E eu me sentia, finalmente, o teu irmão mais velho.

(Durante o dia.) Meu irmão, hoje o poema que fiz no Natal de 94 sobre o teu câncer foi lido num evento relativo à aids no Sesc Pompeia. Um ator conhecido o leu. Cheguei atrasado e não ouvi. Várias pessoas vieram me cumprimentar, dizendo que era muito lindo. Fico feliz. Quem diz que de vez em quando não é bom massagear o ego e a vaidade? Só me fustiga um pouco a insistente ideia de estar embarcando no teu câncer quando eu devia apresentar publicamente o meu HIV. Não me sinto culpado. Apenas incompleto. Me preocupa mais o fato de que isso possa estar incomodando você: eu te crucificando em nome da minha dor. Mas acredito que não te coloco em risco ao falar do teu câncer. Na verdade, meu irmão, eu quero acima de tudo te ajudar. Sempre insisti que você precisava falar claramente dele, dialogar com ele. Nada de esconder. No meu caso, sei como é incômodo para amigos e irmãos quando toco no assunto — falo de uma condenação, a curto, médio ou longo prazo. É melhor não ouvir a minha dor, menos urgente e de data incerta. Ela que fique comigo. Por isso é tão difícil avisar os meus amigos, alguns dos quais de fato ainda não sabem que estou infectado. Temo que vou lhes anunciar a realidade da minha morte. E isso dói.

(*Essas últimas mensagens também não foram enviadas ao Cláudio.*)

Em muitos sentidos, 1995 foi um ano bastante difícil. Continuo sem saber como resolver o problema de moradia. Perdi os dois únicos prêmios pagos para *Ana em Veneza*, além de outros concursos literários, cujo dinheiro eu pretendia dar como entrada na compra do apartamento alugado que nesta semana me foi oferecido por um preço razoável. Na minha condição financeira atual, não há a menor chance mesmo para um imóvel barato como este. Caso contrário, o prazo para a tal "denúncia vazia" se esgota em fevereiro próximo e vou ter que me mudar. Para onde? Não faço ideia. Como consolo, recebo duas surpresas nos últimos dias do ano. Ganhei uma pequena bolsa da Funarte na área de dramaturgia para desenvolver a peça *Diálogos de Jay Jay Maia com Thomas Jefferson* — o que vai me aliviar provisoriamente. A outra novidade veio a partir de um recado urgente do meu médico, dr. Adauto, depois que fiz novo exame para HIV. A urgência me pareceu significar más notícias. Suando frio, depois de uma caganeira provocada pelo medo liguei para ele, supondo mais um péssimo fim de ano. Do outro lado, Adauto me atendeu com sua voz esfuziante de cearense: "Rapaz, abra uma garrafa de champanhe. Você tirou a sorte grande. Desde o último exame, os seus CD4 aumentaram em um terço. E olha que sua contagem anterior já era acima da média. Seu nível de hemoglobina também está altíssimo. Se eu precisasse de um garoto-propaganda para imunologia, ia escolher você. Eu queria dar logo a notícia pra lhe deixar feliz. Não esqueça de comemorar". Desliguei o telefone, absolutamente pasmo com a eloquência quase sarcástica do fato. Coloquei para tocar a "Ode à alegria" da *Nona sinfonia* dirigida pelo Toscanini. Que mais eu poderia fazer para celebrar? Telefonei ao Cláudio, que começou a chorar de alegria, enquanto Beethoven soava altíssimo.

Perplexidade na família. Em 24 de janeiro de 1996, nossa alegria se revelou efêmera. Cláudio foi internado outra vez. Fomos surpreendidos por uma reincidência ainda mais agressiva do seu câncer linfático. Não havia mais o que dizer, menos ainda celebrar.

* * *

Não tenho direito de exigir nada do meu irmão sobre reações à sua doença, concorde ou não com elas. É ele quem está no olho do furacão. Melhor do que ninguém ele sabe de suas dores, seu pânico, sua revolta. Mas é justamente sua revolta que me assusta desde a descoberta inicial do câncer. Fico inseguro em desejar que ele mude de atitude e exigir uma mudança impossível — antes de mais nada, seria sinal de inflexibilidade da minha parte. Mas como sofro ao testemunhar sua revolta. Meu irmão odeia sua doença e tem ódio de tudo o que possa lembrá-la. Como vou dizer a ele, o sofredor, que dialogue com ela? E que autoridade tenho eu? Corro o risco de ser, aos olhos do Cláudio, um mero "poeta" — no sentido estereotipado daquele que não consegue encarar a realidade e fabrica "poesia", quer dizer, fru-frus de irrealidade. Mas tudo o que eu queria é que ele tivesse paz! Se fosse possível e justo desejar-lhe isso (que ele mude radicalmente de atitude), imagino que sua doença pudesse ficar mais fácil e seu medo, menor. Mas quem sou eu para pedir (não sei a quem) que o Cláudio tenha paz? Eu, que ao menor sinal de dor fico mal-humorado. Ainda assim, tenho quase convicção de que ele estaria muito melhor consigo mesmo se dialogasse com sua dor e, em última análise, com a possibilidade de morrer. Ou será que todos ficamos revoltados, impreterivelmente, quando vemos a morte se aproximar?

Para: Antonio G. de P. — Sorocaba, SP
São Paulo, 31 de janeiro de 1996

Prezado sr. Antonio, consegui esse endereço através da Telesp. Meu nome é João Silvério Trevisan e sou escritor. Mas vou falar em nome do meu irmão Cláudio José Trevisan e sua família. Cláudio está completando 48 anos de idade e mora em Jundiaí. Apesar de sempre ter tido uma saúde de ferro, em novembro de 1994 tivemos a desagradável surpresa de saber que ele estava com câncer linfático. Cláudio passou por um longo tratamento quimioterápico e, a seguir, radioterápico. Infelizmente, os resultados não têm sido satisfatórios. Ele conseguiu vencer o tumor linfático inicial, mas apareceram outros nódulos tumorais também linfáticos, de modo que o Cláudio terá que fazer um transplante de medula em março próximo.

O propósito desta minha carta é saber da possibilidade de uma operação espiritual, ou algum outro tipo de ajuda que o senhor julgar possível, no caso do Cláudio. Obviamente, estamos todos muito preocupados e tristes, querendo ajudar nosso irmão da melhor maneira. Gostaria que o senhor e sua equipe nos explicassem o que poderemos fazer. Evidentemente, a situação é de urgência, devido à gravidade da doença, agora acentuada. Aguardo, portanto, uma breve resposta sua.

Desejando-lhe paz e saúde, agradeço antecipadamente sua bondade e atenção. Com admiração,

João Silvério Trevisan
fone/fax: (011) 258-7742
(pode chamar a cobrar, por favor)

Ironia do destino. Enquanto as filhas do Cláudio viajavam de férias, no começo do ano, o cachorro da mais velha foi roubado. É um lindo husky siberiano peludo e de olhos azuis. Depois de vários dias, foi encontrado numa favela, preso a uma corrente. Os ladrões exigiram uma quantia altíssima para entregá-lo de volta. Foi preciso a intermediação de um vizinho para acertar o preço. Ziza esteve lá, pagou e trouxe o cachorro de volta. Acostumado a ter para si todo o espaço de um terreno muito amplo, o cachorro voltou estressado e deprimido. Ficou alguns dias parado no lugar, sem comer. Só dormia. Como não deve doer dentro do Cláudio a constatação de que estamos num país tão desgraçado que até os cachorros sofrem sequestros.

Não consigo afastar a hipótese de que o contraste com meu estado de saúde pode ter afetado a solidão do meu irmão nesta nova reincidência. Cláudio parece ter medo de mim. Constato isso cada vez mais, em pequenos detalhes. Fragilizado pelo câncer, talvez me ache superior a ele e, portanto, distante. Será que contam nisso os sentimentos de culpa, entre outros motivos, sentindo inconscientemente sua doença como uma punição? O distanciamento não é responsabilidade dele nem de ninguém, mas uma fatalidade. A doença, que deveria nos aproximar, tende a se colocar como um abismo entre nós.

* * *

Sonho em 11 de fevereiro de 1996, domingo (durante uma prolongada sesta).

É um sonho de intensidade fraterna e sensual. Estou caminhando solitariamente por melancólicas, sujas e abandonadas ruelas de São Paulo, que detesto mas sou obrigado a engolir. Então me lembro que não estou só e isso é muito mais do que um mero consolo. À minha frente caminha um rapaz, muito simples, que é meu amigo mas também meu irmão: trata-se de uma mistura do Cláudio com o ator espanhol Antonio Banderas, que adoro e acho um espanto de sensualidade. Essa constatação me conforta, me deixa feliz. Não quero mais nada. Eu caminho atrás dele; é um rapaz de cabelos muito negros; usa sandálias, veste com simplicidade uma camiseta sem mangas e carrega uma espécie de mochila nas costas. Quando estamos atravessando um beco, ele olha para trás e me chama, amigável. Não importam mais as ruas e a melancolia de São Paulo: eu estou com ele e isso basta. A seguir — não sei se ainda é sonho ou imaginação, enquanto acordava —, vamos a um supermercado. Ele teria colocado alguma coisa em sua mochila e me incumbe de carregá-la. Tal conivência me faz bem.

(Acordo gratificado com o clima do sonho. Ele me remete diretamente ao meu adorado irmão Cláudio, que nestes dias continua internado.)

Querida Ziza, podemos dizer que somos companheiros de perplexidade depois de todos esses enfrentamentos e situações difíceis com a saúde do Cláudio. Nós já conversamos longamente sobre a situação dele, desde novembro de 1994. Agora estamos enfrentando o problema de não ter mais nada de novo a dizer e a sensação pavorosa de que não adiantou muito. Além do mais, acontecem todas essas dificuldades de dialogar com o Cláudio sobre o que é melhor para ele — considerando as nossas dúvidas e as dele. Bom, todos nós estamos espremendo a cuca para imaginar alguma saída luminosa para o Cláudio que não force a sua barra, na situação de debilidade em que a doença o deixou. A prioridade é que meu irmão possa encontrar sua paz interior. Talvez pareça estranho desejar isso em meio a um câncer doloroso e reincidente. Mas há os paradoxos da alma. Você se lembra como o Cláudio de repente se tornou bem-humorado a partir de setembro/outubro? Sentia-se bem consigo mesmo, o que é fundamental. Foi uma boa surpresa para todos nós constatar que ele tem o pique dele — e, provavelmente, muito do que fizemos e dissemos deve ter ajudado a lhe dar mais energia. Colocar o foco na paz interior dele me parece que tira o peso da "obrigatoriedade" de Cláudio sarar, se sentir "vencendo o câncer" a qualquer custo, o que periga lhe encher de culpa em relação às reincidências. (Lembro da primeira pergunta que ele fez ao médico, em agosto de 95, quando se constatou a primeira recidiva: "O que é que eu fiz de errado?".)

Acho que uma possível pergunta que ele se faz frequentemente é: por que o câncer comigo? Deve ser muito pesado responder a isso. Então o problema básico é este: além da eventual culpa pela doença, uma das coisas que Cláudio está sentindo é uma imensa solidão, e não apenas por ter a doença e se confrontar com a morte — situações que só ele pode viver por si mesmo. Acho que ele se sente perdido e abandonado também sobre o que fazer de melhor. Pegue o exemplo das vitaminas: tomá-las significa aceitar que ele está numa situação especial, pois ninguém costuma precisar de vitaminas como suplemento alimentar. Aqui entra, claro, um fator especialmente relacionado comigo. Acho que eu assusto o Cláudio na situação de fragilidade interna em que se encontra. Claro que ele me ama muito e me respeita. Mas acho que se trata de um processo mais sutil, inconsciente. Além do fato de eu lhe mostrar uma busca por vida interior, que ele já me confessou não ter, sou igualmente marcado com uma doença grave por causa do meu HIV. De repente, eu e Cláudio estamos mais próximos do que nunca por conta da saúde. Tão próximos que ele está com o sistema imunológico abalado por causa da quimioterapia — e, hoje em dia, fragilidade imunológica virou quase sinônimo de aids, e estar com aids não é brincadeira. Nossa demasiada proximidade em termos de saúde o afugenta, de certo modo. É claro que o Cláudio vê uma série de semelhanças entre o estilo de vida dele e o seu, Ziza. Por força das circunstâncias conjugais, vocês estiveram quase totalmente misturados nesses últimos vinte anos. Então podem lhe ocorrer as perguntas: por que só ele teve câncer? E por que só ele tem que tomar providências para sarar? Claro que você tem sofrido milhares de pressões e lhe sobra pouco tempo para organizar essas mudanças bruscas na vida de ambos. Se você começar a frequentar um psicólogo ou a fazer sessões de ioga, com certeza isso servirá para dar um empurrão no Cláudio, além naturalmente de fazer bem a você. O mesmo com relação às vitaminas: é provável que fosse mais efetivo para ele se você começasse a tomar algumas medidas que podem ser necessárias a você, Ziza, como a vitamina C, ou pensar sobre isso e discutir com ele as necessidades de ambos. Em resumo, talvez se você fizesse suas próprias mudanças necessárias, seria mais fácil para o Cláudio fazer as dele. Não dependa só dos médicos. Até aqui vocês confiaram cegamente no dr. Mateus, arranjando um paizão, quase um pau para toda obra. Ocorre que isso mostrou seus furos — por exemplo, o Mateus nunca se preocupou em pedir um simples exame de sangue do Cláudio para saber o que acontecia com ele quando sua barriga já estava bastante crescida e ele bem debilitado. Confiar nos médicos sim, mas não se abandonar nas mãos todo-poderosas deles. Vocês dois podem fazer muito tendo FÉ EM SI MESMOS, e não é fácil, pois no fundo nós esquecemos que nossa busca do Pai (quer dizer, alguém todo-poderoso, que para muitos é Deus) aponta para o fundo de nós mesmos, onde se encontra a raiz do Grande Pai que passamos a vida procurando pra nos salvar. Em última análise, o início da salvação está dentro de cada um de nós, porque aí está assentado o Grande Pai que nós procuramos fora de nós. Não há salvação sem a fé em si mesmo. Isso tem um outro nome: paz interior. E não há nada mais necessário do que ela, na saúde ou na doença. Sem ela, a vida se torna uma grande bobagem. E não há nada mais difícil do que conseguir essa fé, porque se trata de um grande aprendizado de voltar para dentro de nós.

Eu estava com muita dificuldade de escrever, temendo me imiscuir na vida pessoal de vocês. Espero que eu não esteja sendo injusto na análise. Sinto mais receio ainda em relação ao Cláudio, que está muito fragilizado e se sente invadido. Por isso ele rejeita tanto os "conselhos", que configuram uma relação de superior para inferior — e com razão, sobretudo em alguém como o Cláudio, que sempre quis ser muito dono de si. O que me levou a te escrever é que, de nós todos, eu sou provavelmente aquele que se viu sempre mais invadido e fragilizado — pela pobreza sistemática, "profissão" humilhante, sensação de exílio pela homossexualidade e agora o HIV. Espero que eu tenha conseguido clareza mínima ao expor essas minhas ideias e dúvidas. Fale comigo depois, por favor. Fica um beijo e muito amor, muito mesmo. Do seu cunhado João

São Paulo, 29 de fevereiro de 1996
(Fui escrevendo a carta a prestação,
durante vários meses, imagine!)

* * *

Dia do aniversário da mamãe, 14 de fevereiro. Cláudio me telefona do hospital, onde ainda se encontra internado. Está em prantos. Diz que quase não dormiu durante a noite, com saudades da mamãe. Lembrou-se de que ela estaria completando setenta e cinco anos hoje. Confessa, entre soluços, que quanto mais o tempo passa, mais saudade sente dela. Soluçando até perder o fôlego, meu irmãozinho prestes a completar quarenta e oito anos no dia 26 frisou: "Eu sinto vontade de deitar no colo dela, João, você me entende?". Diante dele, eu me penitenciei por ter perdido o tercinho que pertencera à mamãe. Lurdinha foi quem o deu pra mim, logo que eu apareci com a notícia da infecção por HIV. Na noite da operação do Cláudio, eu lhe passei o tercinho como um troféu. Ele certamente se agarrou a ele como se agarraria à mamãe. Quando melhorou, Cláudio me devolveu o terço — o troféu da dor. E eu o perdi, talvez tenha caído do meu bolso, onde o carregava sempre. Sugeri a ele que tivesse um pensamento bonito com a mamãe, que falasse com ela dentro do seu coração. Sugeri que lesse um poema ou um salmo. Que acendesse uma vela na capela do hospital para ela. Interiormente, praguejei por não ser um iluminado e oferecer ao Cláudio uma maneira bela de se encontrar com a mamãe. Acabamos falando da "Ode à alegria" de Beethoven, que ouvi hoje de manhã ao acordar e que ele, por coincidência, viu ontem na televisão do hospital, num vídeo antigo. Vou lhe mandar flores, para que ofereça à memória da mamãe. Vou lhe mandar uma cópia da tradução em português da "Ode à alegria", de Schiller, utilizada por Beethoven. Que vontade de colocar meu irmão no colo para proteger, proteger, proteger e lhe oferecer uma coisa bem bonita que ilumine seu coração.

* * *

Outro dia, na cama, não sei por que me lembrei do seu saxofone, meu irmão. Anos atrás, pouco antes de vocês se mudarem para a chácara, Ziza me pediu que comprasse um saxofone numa loja no centro de São Paulo que estava com preços bons. Comprei. Era um sax dourado. Ziza lhe deu de presente de aniversário. Você estava firmemente decidido a aprender a tocar e assim dar uma guinada em sua vida, no sentido de começar a trabalhar melhor sua sensibilidade — coisa que você perseguia sempre. Durante a mudança, deixaram para transportar o sax no dia seguinte. Nessa noite, ladrões da vizinhança, que tinham visto todo o movimento, arrombaram uma janela da frente da casa, entraram e levaram o instrumento, ainda dentro da caixa. Você ficou tão amargurado que nunca mais quis comprar outro. Agora, vendo você na cama, me ocorreu que esse sax talvez pudesse ter ajudado na sua salvação, meu irmão, impulsionando um novo rumo à sua vida. Tentei imaginar onde andaria e o que faria o ladrão responsável pela sabotagem de uma vida.

(Do meu diário de abril de 1996.) Ribeirão Bonito, na pessoa do seu prefeito, candidato à reeleição, quer me prestar uma homenagem dando meu nome a um centro cultural na cidade. A ideia me repugna, para dizer o mínimo, e se torna objeto de mais uma entre as dezenas de surdas disputas com pessoas da minha família que estão por trás de todo o episódio. Preciso ouvir a opinião de alguém próximo a mim, em quem eu tenha toda a confiança para me oferecer referenciais: quero saber se estou equivocado, vendo tudo distorcido e sendo talvez injusto com pessoas tão próximas, a quem devo tentar compreender apesar de nossas diferenças de estilo de vida e valores. Não posso falar com Cláudio, a pessoa mais indicada para trocar ideias sobre minha vida. Ele está chocado pela confirmação de que terá que fazer um autotransplante de medula. E eu, jogado pra cima e pra baixo no meu navio tempestuoso — sem ele. Ligo pra saber notícias e talvez me consolar ouvindo a sua voz. É Ziza quem atende. Depois de me explicar as últimas más notícias, pergunta se aconteceu alguma coisa comigo. Conto do despejo do apartamento, que me ameaça de novo. E da "homenagem" que estão me arranjando, não sei por quê. A seguir, desembuxo. Afinal, esse é o meu problema na vida: não poder sequer pagar o aluguel de um apartamento vagabundo. Por quê? Falta o reconhecimento concreto que não recebo deste país de merda, o descaso com minha obra, que não interessa nem à crítica nem à universidade nem aos jornais e menos ainda ao público, o silêncio do meu telefone durante meses à espera de convites de trabalho que não chegam, pessoas que sabem do meu talento e não se lembram de mim quando têm projetos em parceria, ausências e descasos que me tornam um eterno mendicante de migalhas, sem nunca saber como vou pagar as contas no próximo mês. Ora, não existe uma contradição sinistra entre minha extrema penúria financeira e meu nome abrilhantando a campanha de um candidato a prefeito, cujo único objetivo é ostentar amor à cultura para ganhar prestígio e votos? Não preciso ser profeta para prever como será humilhante encontrar, daqui a um ano ou pouco mais, as letras do meu nome despencando da fachada do tal centro cultural cheio de ratos e baratas, por nunca ter sido usado passadas as eleições. Ziza dá sem rodeios sua opinião: eu devo aceitar a homenagem, afinal homenagem não se recusa. E mais: ouviu essa mesma opinião do Cláudio. Alego que já conversei antes com o Cláudio e ele pareceu concordar comigo, pois ficou quieto. Para meu espanto, Ziza diz que meu irmão é assim mesmo: responde com silêncio sempre que não concorda, e acha que os outros são obrigados a entender o silêncio. Acrescentou que meu irmão sempre reage assim comigo porque gosta de mim e não tem coragem de me dizer as coisas que pensa. Fico horrorizado. Acima de qualquer outra coisa, me deixa desnorteado suspeitar que a longa amizade com meu irmão não passou de uma sucessão de silêncios reprobatórios. Quando vou para a cama, tenho uma crise de asma — coisa não muito comum. Não consigo dormir a noite toda, estarrecido. Entre mortos e feridos, já perdi quase todos os meus amigos. É bem verdade que me apavora a ameaça da morte do Cláudio. Mas é pior ainda perder sua amizade com uma revelação dessas. Então, surpreendentemente, Cláudio me telefona na manhã seguinte para corrigir a Ziza: não, ele não concorda com ela. Ao contrário, acha que eu não devo aceitar a homenagem. É bem verdade — diz ainda — que ele não tem nada contra esse tipo de homenagem, poderia até aceitá-la. Mas acha que, se ela vai contra os meus valores até o ponto de me violentar, como é o caso, simplesmente não devo aceitar. De resto, acha que eu não devo nenhuma explicação a ninguém. Quando falo de minha intenção em escrever para o prefeito de Ribeirão Bonito e dizer não, ele concorda. Escreva, me diz. É o que vou fazer.

Cláudio aceitou ir a Sorocaba quantas vezes forem necessárias para encontrar o médium que faz consulta e operação espirituais. Claro que ele não tem certeza disso. Mas já esteve lá mais de uma vez e parece que a coisa lhe fez bem. Para mim, igualmente, todos esses recursos são incertos. Mas não tenho dúvida de que, ao aceitar tomar algumas providências pessoais como essa, Cláudio está tendo uma atitude positiva de cuidar de sua doença; mais do que isso, de aceitá-la e dialogar com ela. Eu tenho a sensação de que foi mais um passo, muito importante, para Cláudio se aprofundar na sua viagem pessoal. Me ocorre que, se dentro da família eu e o Cláudio somos os mais próximos, é porque estamos ambos obrigados a correr atrás da nossa fé, sem alternativa.

Após três idas a Sorocaba (em duas das quais conseguiu consulta), Cláudio decidiu que não quer ir mais. Ziza ficou desolada. Acha que é muito custoso para a cabeça dele, inclusive pelo fato de se ver naquele templo lotado de pessoas de todos os cantos do Brasil, verdadeiro pátio de milagres onde se concentram tantas dores. Os motivos não são muito claros. Parece que um dos médiuns assistentes entregou a ele um santinho com oração e Cláudio se sentiu manipulado. Foi o que bastou para desistir. É impressionante a fragilidade das suas defesas.

Tenho medo de que, sutilmente, meu irmão se sinta decepcionado ou traído ao me ver bem vivo, enquanto ele se debate com a possibilidade da morte próxima. Não era isso que se esperava. O marcado para morrer era eu.

Às vezes, no meio da doença do meu irmão, tenho que me lembrar do óbvio: ele precisa, acima de tudo e permanentemente, de misericórdia. Cláudio está sofrendo de modo particular, o que lhe dificulta qualquer outra capacidade de reação. Por isso, tenho medo de ser muito romântico e até mesmo irrealista ao tentar empurrá-lo para sua viagem interior —

tal como eu a entendo. Não deveria ser preciso lembrar que cada qual tem o seu próprio caminho. Procuro me dizer isso o tempo todo.

Não posso me furtar ao fato de que, em nossa família, fomos batizados com dois primeiros nomes. Somos todos um pouco divididos. Mas o Cláudio carrega consigo o nome do próprio pai: Cláudio José. Fiquei imaginando: por mais que pretenda se afastar do pai, o pai está lá, dentro dele. Parece emblemática a confidência que Ziza me fez, mais de uma vez, de que andava preocupada com o crescente alcoolismo do Cláudio. O alcoolismo que perseguiu nosso pai por mais de trinta anos ressurgiria agora no filho menos protegido? Considerando os problemas que todos tivemos com o papai, a situação fica um pouco mais dramática em relação ao Cláudio, o único entre os filhos que enfrentou José Trevisan num embate físico. Talvez, no seu caso, ter dois nomes o divida entre o amor e a repulsa.

No princípio de maio de 1996, após quase um ano e meio de tratamento do seu linfoma, Cláudio foi internado para fazer o transplante de medula, que se mostrou essencial. Infelizmente, o procedimento teve que ser adiado, pois descobriram células cancerosas no seu sangue, além de um pequeno linfoma na barriga e um abscesso no fígado. Ele e Ziza ficaram desconsolados. Quando liguei para o hospital, o médico tinha acabado de lhes dar a notícia. Ziza atendeu o telefone aos prantos. Cláudio nem quis falar, porque também chorava. Conhecendo-o como conheço, temo que ele possa mergulhar num desespero sem saída. Está fragilizado demais para lutar por alguma esperança. Seu equilíbrio emocional desmorona diante de situações negativas cotidianas. No domingo passado, tínhamos ido a um concerto em Jundiaí. Era uma manhã lindíssima. Ele parecia bem. Quando voltamos para casa, Cláudio descobriu que a concessionária de carros estivera aberta e ficou furioso por ter perdido a oportunidade de negociar um carro (está vendendo a Kombi em troca de algo menor). Reclamava, quase fora de si de tão irritado. O dia acabou. Nada mais interessava. Sua história com a vida remete à luta insana entre Jacó e o Anjo, sem o final feliz. Não tenho mais forças para tentar ajudá-lo a dialogar com suas precariedades, algo que nem eu sei fazer com as minhas. Também estou ganhando a consciência de que cada qual tem que encontrar seu próprio instrumental de diálogo e autoconhecimento. Infelizmente, quase nunca o espaço de uma vida é suficiente.

Cláudio não consegue dormir direito à noite. Pelos meus cálculos, isso acontece quase diariamente, há muito tempo. Agora, nem mesmo com sonífero. Ele diz que é efeito da cortisona. Mas esquece que isso já acontecia muito antes de tomar cortisona. Aliás, quando eu ligava para o Cláudio ele estava feliz sempre que tinha dormido bem à noite — era um dia privilegiado. Não sei se isso é simplesmente insônia. O certo é que Cláudio acabava dormindo durante o dia com muita frequência. Parece que nunca chegou a buscar uma solução. Ele e Ziza têm chorado muito no hospital. Ziza já lhe comunicou as perspectivas pessimistas de uma das médicas, que até perguntou se já estavam preparando as meninas para o pior. Cláudio decidiu então que deverá tentar esquemas alternativos. Eu disse para Ziza: pegue no pé dele; é só se sentir um pouquinho melhor e então ele abandona esses esquemas, como já fez várias vezes, a última das quais com o médium de Sorocaba. Além disso, nunca tocou nas vitaminas A e C que lhe enviei depois de ler artigos indicando que essas vitaminas são vistas como novas esperanças para o tratamento de câncer. Mal tocou nas cápsulas de fígado que lhe mandei para a anemia (eu próprio as tomo, de vez em quando). Nem abriu um vidrinho com água curativa que lhe trouxeram. E se recusa a fazer tentativas pessoais, sob os mais diversos pretextos — o mais comum deles é que não gosta de misturar as coisas. Há uma parte de descrença naquilo que pode lhe parecer charlatanismo — e isso eu não vou discutir, pois ele tem suas razões. E quando não aparece nenhuma forma de intervenção, digamos, religiosa ou mística? Fica no ar uma recusa por antecipação. Detrás das suas negativas percebo uma irritação às vezes mais, às vezes menos explícita. Parece que Cláudio sempre teme ser invadido e perder o controle de si mesmo. Por se sentir indefeso, em várias situações se mostrou bastante controlador, de si mesmo e dos outros. A mulher e as filhas passaram maus pedaços — um copo deixado fora de lugar podia virar uma situação dramática. Nisso tudo me assusta não exatamente que meu irmão rechace saídas alternativas. Suspeito que ele não encontre em seu horizonte a esperança de sarar, não sei bem por qual processo. Durante o período da doença, percebi que ele carece de um estado de confiança generalizada, inclusive em si mesmo. Como se, por antecipação, cancelasse eventuais soluções. É verdade que ele se entrega nas mãos dos médicos e especialistas — mas parece se abandonar e assim, paradoxalmente, manter-se em resguardo. Faz o possível para tratar a doença como uma coisa à parte, quase de um outro. Ou seja, uma exceção a ser superada o mais rápido possível. Esse abandono de si o deixa ainda mais indefeso. Ir atrás de esquemas alternativos me parece uma maneira de não se abandonar.

Mas não tenho certeza de nada. Impotente para ajudá-lo, só me resta uma imensa compaixão por ele. O que ajuda pouco, confesso. Ontem passei todo o dia macambúzio, chorando com medo de perder meu irmão. Mas também adivinhando a sua dor. Para o Cláudio, que não gosta de se expor, deve ser muito duro se sentir acossado e devassado, quer dizer, objeto do comentário de todos. Ele percebe isso. E se fecha ainda mais. Como se sentirá terrivelmente solitário esse meu irmão!

Vou perder o Cláudio. Depois de muita reticência, os médicos admitiram que seu caso não tem mais solução. Sua doença está fora de controle. Foi Toninho quem recebeu e me transmitiu a notícia. O câncer linfático leucemizou, quer dizer, tomou o sangue, e está agora incontrolável, podendo atingir outros órgãos. Segundo o dr. Sérgio, médico-chefe da equipe de oncologia do Einstein, ele não teria mais do que algumas semanas de vida. A tendência é que vá definhando rapidamente. Sem dor, espero. A notícia vem no dia 11 de maio de 1996.

No sábado, quando ficamos sabendo do seu estado terminal, organizou-se uma cerimônia espírita. Solange M., com sua vidência, e Eduardo P., com sua mediunidade. Eduardo recebeu o dr. Franz. Dizia que o espírito do Cláudio está viajando para lugares lindos.

Passei o domingo, Dia das Mães, no hospital com o Cláudio. Ele estava quieto mas não parecia triste. Não foi nada confortável olhar para meu irmão pensando que já fazia parte da despedida. Muito magro, quase careca, amarelo, cheio de pequenas rugas no rosto, o nariz um pouco mais adunco do que o normal e, na cabeça, aquele calombo no lugar onde está instalado o cateter. Seria ainda meu irmão? Quanto sofrimento e medo já não o teriam transformado num personagem que eu pouco conheço? Sua quietude seria dissimulação, para não me ver sofrer? Ou simplesmente tentava me mostrar seu amor. Às vezes, preocupava-se que o meu almoço estava demorando ou que sua mulher tinha se atrasado e me faria voltar tarde para casa. Rimos um pouco, conversamos sobre fatos do cotidiano. Mas ele não parecia interessado em nenhuma conversa mais substancial. Tomara que signifique paz interior. Com certeza, a cerimônia de ontem teve alguma influência.

Como vai me fazer falta o sorriso luminoso do meu irmão e sua maneira de compartilhar a minha dor. Vezes sem conta o Cláudio chorou comigo, em solidariedade de alma e coração. Era tão consoladora a sua empatia. Ao mesmo tempo tão assustadora, por sua intensidade. Era como se entre mim e ele não houvesse fronteiras. Lembro de quando levei uma surra de um desconhecido, no centro de São Paulo, em público, por motivo nenhum. Quando contei para ele, desesperado com tal violência, ele começou a chorar. A partir de certo momento em nossas vidas, parei de lhe contar alguns dos meus problemas mais graves com medo de fazê-lo sofrer demais. Que falta vai me fazer sua consoladora compaixão.

Durante uma conversa no hospital, sobre os problemas com o papai que a Lurdinha pensa estar superando em terapia, Cláudio disse de modo claro e taxativo, como para demarcar limites: "Eu não tenho nenhum problema com o papai". Tal como no lema "Ordem e Progresso" da bandeira brasileira, pergunto se não seria verdade que nós tendemos a brandir em alta voz a virtude que mais nos falta. Você, meu irmão, se defendia. Do quê?

No meio de uma discussão que já se arrastava havia dois dias sobre como dar à Ziza e ao Cláudio a terrível notícia, Toninho batia o pé, sustentando que precisávamos dar tempo e só aos poucos lhes comunicar o diagnóstico terminal dos médicos, contra a minha posição e a da Lurdinha, que era dizer-lhes já e sem rodeios. Enquanto combinamos de sondar a Ziza para fazer as coisas de modo mais lento, Toninho subitamente interrompe tudo e toma sua decisão sozinho. Com medo de que eu e minha irmã "dramatizássemos" (para usar sua expressão), ele foi almoçar com a Ziza e acabou revelando a ela e ao Cláudio a situação comunicada pelos médicos. Depois, sem nenhuma explicação, contou-nos o que tinha feito. Sinais, por todos os lados, de como estamos abalados e perdidos, batendo a cabeça nas paredes.

Não posso esquecer que a vida escreve certo por linhas tortuosíssimas. Cláudio, irmão do meio, tem em si uma parte de mim (o irmão mais velho, sempre admirado a distância quando ele era criança) e outra do Toninho (o irmão mais novo, que foi seu grande companheiro de infância). Cláudio e Toninho tinham rompido na fase adulta e ficaram distanciados por muitos anos. Eles se reaproximaram durante esse período do câncer, e confesso que fiquei muito feliz. Afinal, eu lembrava de sua amizade de pequenos, quando não se desgrudavam, chamando-se um ao outro de "mano", em sinal de grande intimidade. O atual estreitamento da relação me parece ter também um outro sentido, definitivamente providencial. Toninho bancou todas as despesas do tratamento do Cláudio, num dos melhores hospitais do Brasil, e teve interferência decisiva na sua fase terminal. Era como se o irmão mais novo tomasse ali o lugar do pai. Ora, Cláudio José traz nosso pai, a quem ele nunca suportou, marcado como ferro em brasa no seu segundo nome. Num jogo montado e remontado pela vida, a sombra pesada do pai, agora ocupada pelo Toninho, foi também aquela que veio em seu socorro. Ainda que Cláudio me admire de modo quase irrestrito, considero uma bênção que ele resgate a sombra do pai, manifesta no Toninho. Esse mistério me encanta e me enche de esperança, pois talvez sua viagem interior comece justamente no Toninho — e não em mim.

Releio o que escrevi acima. Temo que Cláudio odiaria minhas interpretações. Quando leu a carta que mandei para Ziza, meses atrás, comunicou a ela que não concordava com minhas interpretações típicas de terapeuta. É claro que isso só reforça minhas perguntas: por que o Cláudio rejeita tanto os terapeutas? O que tanto tem a esconder? Por que se sente tão facilmente invadido? Por que construiu ao redor de si tantas muralhas? Quem diz isso sou eu, um crítico do autoritarismo em psicoterapeutas e, ao mesmo tempo, um velho usuário de suas técnicas, que muito me ajudaram no decorrer de minha atordoada vida. Também é verdade que a recusa dele tem algo a ver com o preconceito contra Freud e a psicanálise, cultivado em círculos comunistas mais ortodoxos que Cláudio frequentou na juventude.

* * *

Desde o início, a intenção (utópica) de escrever este livro a quatro mãos foi provocar Cláudio e ativar seu interior para que reagisse positivamente à doença. Parece não ter adiantado nada, o Cláudio nunca me respondeu uma linha. Talvez porque se sentisse manipulado — e, no fundo, eu provavelmente estava fazendo isso, mesmo sem me dar conta. Cláudio tem seu próprio mistério. É o que mostra o fiasco deste "nosso" projeto em comum.

(31 de maio.) Olho para meu irmão, deitado no leito do hospital. Penso que estou contemplando a história inteira de uma vida. Busco uma ponte entre o menininho lindo de Ribeirão Bonito — quieto, ingênuo, dono de uma docilidade um pouco construída — e este velho Cláudio maltratado por uma doença fatal. Sinto um nó na garganta diante de sua figura lívida, magra e desamparada. Imagino a luta que se trava dentro do seu corpo, na sua corrente sanguínea, onde o câncer já se instalou. Do lado esquerdo de sua boca, há uma pequena ferida muito escura que não quer cicatrizar. Fica ali testemunhando a batalha terrível, essa ferida agourenta. Parece um sinal de alarme de que as coisas não têm mais conserto. Mas eu me recuso a chorar. Tenho a nítida sensação de que estamos vivendo uma longa história de amor, eu e ele. E, não sei por que nem como, sobe de dentro de mim uma alegria tão intensa e ao mesmo tempo tão indeterminada que parece diluição homeopática — quanto mais diluída, mais intensa. Não sei quantos minutos vai durar essa alegria — tudo na doença e na dor é imprevisivelmente mutável — mas a acolho como um tesouro ofertado pelo mistério. Porque na vida tudo é impuro, mesclado — e

não há ouro plenamente depurado. Mas é também essa louca mistura que torna cada componente singular e muito mais legítimo do que se estivesse filtrado. Nada sobrevive por si mesmo: não há amor isolado, teórico. Assim também não há alegria abstrata. Na imensa pedra bruta da dor se encontra o seu filão de luz. Porque tudo *é* intensamente. E na intensidade de ser, quem somos nós senão marionetes do mistério — enquanto parcelas ínfimas mas inteiras, complexas, perfeitamente impuras da totalidade? Olho para o meu irmão à beira da morte. Seus cabelos grisalhos, que caíram e cresceram várias vezes durante o tratamento, agora voltaram estranhamente negros. Mas suas sobrancelhas sempre permaneceram escuras e muito presentes no rosto talvez inchado pela cortisona. Suas sobrancelhas se mantiveram como evidência de sua identidade maior, aquele mistério que ele próprio não entende, mas que *é* — sejam lá quais forem seus componentes antagônicos. Vou sentir saudade? Sim, muita. Como esquecer os longos dias iluminados de amor em Jundiaí? (Tenho vontade de gravar sua voz titubeante. De fotografar sua figura combalida. Lembrei de Flávio de Carvalho desenhando sua mãe agônica. Por que esse anseio de eternizar a passagem final?)

Ontem, dia 7 de junho de 1996, Cláudio morreu, aos quarenta e oito anos. Eram quase três da madrugada. Eu estava semiacordado, desconfortável com alguma coisa inespecífica, que julguei fosse vontade de urinar. O telefone soava ao longe, mas eu não conseguia me levantar. Quando atendi, ouvi a voz débil da Mami, sogra do Cláudio: "João, aconteceu...". Tive que completar a frase, porque já sabia. Me senti anestesiado. Liguei para a Lurdinha: "O Cláudio se foi". Me vesti, arrumei as coisas rapidamente e fiquei esperando o carro da minha irmã na entrada do prédio. Aquela foi a madrugada mais fria do ano, segundo os jornais. Na ida para Jundiaí, com o Giba e a Lurdinha, tínhamos o coração na boca, mas pouco falávamos. A estrada estava quase intransitável com a neblina espessa como eu jamais vira. Foi um cenário propício para adentrar as sombras do amor perdido.

Morro uma parte de mim.

PARTE 3
Cicatrizes

Caminho num terreno minado. Tenho que prestar atenção em tudo. Estou sendo bombardeado. Ao menor cochilo, piso numa saudade. Dói.

Impossível compartilhar o que significa a perda do Cláudio. É o pior aspecto das perdas. São espantosamente subjetivas. Suas motivações se perdem em labirintos preciosos que para os outros não passam de banalidades. Perdas provocam uma insuportável solidão.

Voltando de Jundiaí, depois de almoçarmos todos juntos em casa da Ziza, Victor Henrique dorme nos meus braços. Olhando para ele, penso como sou privilegiado por Vitinho adormecer com tanta confiança nos meus braços. Minha terapeuta Carminha disse que eu e Victor temos o amor de avô e neto, o melhor e mais gratificante amor parental.

Uma semana antes da morte do Cláudio passei a tarde no hospital, substituindo Ziza, que precisou ir a Jundiaí. No dia anterior, Ziza e Cláudio tinham tido uma conversa visionária, em que ele falou claramente sobre sua morte e como, durante seu sono intenso, viajava para lugares bonitos. De repente, pareceu feliz e reconfortado. Disse que não sabia ainda o que ia escolher, mas esses lugares o tentavam muito. Disse ainda que queria conversar comigo a respeito. Fiquei feliz. No entanto, na sexta, Cláudio acordou de novo mal-humorado e desesperado. Já quase não podia ficar de pé e caminhava com muita dificuldade pela fraqueza geral. Passou o dia dormindo, de uma maneira que soava apenas tática. De manhã, notei que controlava tudo com um olho, rapidamente aberto a cada novo movimento dentro do quarto. Sua fisionomia parecia ressentida. Tomei todo o cuidado para não interferir. Queria apenas estar ali, atento a qualquer necessidade sua. Na hora do almoço ele não conseguiu comer quase nada, com a boca cheia de feridas. Não sei se apenas por isso, chorou como uma criança desprotegida, um órfão. Seu choro largado e sem consolo era de partir o coração. Quando lhe ofereci água de coco, um pouco mais tarde, sua energia pareceu ressuscitar da pior maneira possível. Levantou o corpo da cama e me disse, com o tom de voz normalizado: "Pô, João, para de me encher o saco. Se precisar de alguma coisa, eu peço". De repente, decidiu ir ao banheiro. Nem sequer me pediu ajuda. Não sei por quê, denotava no rosto uma fúria descontrolada — a mesma que presenciei nele em alguns momentos de sua vida anterior. Como o enfermeiro estava ali, pedi que conduzisse o suporte dos remédios ao qual o Cláudio estava ligado. O enfermeiro saiu apressado atrás dele, empurrando o suporte. Já dentro do banheiro, ouvi um barulho forte, como se algo tivesse caído. Pus a mão na boca, de susto e medo, especialmente quando ouvi um sonoro "Puta que o pariu" gritado pelo Cláudio. Já no fim da tarde, uma antiga colega sua de Ribeirão Bonito veio visitá-lo. Cláudio manifestou um óbvio desconforto. Tive que fazer sala para ela. De repente, Cláudio acordou, levantou a cabeça, emitiu um sorrisinho irônico e me disse: "Caramba, João, toda vez que olho você está comendo". Achei injusta a ironia da observação e lhe expliquei que era parte da minha dieta de meio copo de água ingerido a cada hora. Precisei me conter para não lhe passar um sermão sobre o desgaste que provocava em si mesmo com toda essa descontrolada agressividade. É claro que me contive, afinal ele estava sendo "manipulado" pela doença. Mas confesso que me perturbou essa ciclotimia das suas emoções. No dia anterior, Cláudio fizera uma reflexão muito precisa e transparente sobre sua situação, e eu tinha a esperança que dessa vez ele embarcasse em direção à sua paz interior, no final da vida — quer dizer, antes tarde do que nunca. Quando contei o incidente para a Ziza, ela também estava muito irritada e impaciente. O Cláudio usava sua parca energia para agressões externas, tão fraquinho que nem tinha mais autonomia para gerir sua vida interior. No domingo seguinte, ele acordou igualmente furioso. Ainda de madrugada, queria de qualquer modo comer. Depois, pedia com insistência o jornal, sem deixar Ziza dormir. De manhã, ficou irritado com as dores na boca, chamou várias vezes a Ziza, que estava no banheiro e não o ouvia. Levantou-se com fúria e quase jogou ao chão a bandeja do café. Quando Ziza veio ao seu encontro, ele empurrava com violência o suporte em direção ao banheiro e soluçava desbragadamente, tão magoado que se recusava a falar com ela. Ziza me contou isso perplexa. Pouco depois, quando ela o avisou que a terapeuta chegaria comigo, Cláudio mudou da água para o vinho e se encheu de sorrisos. Tudo isso nos assustava muito. A vidente dizia que ele estava manifestando seus demônios. Talvez fosse, simplesmente, o demônio da doença.

Numa visita ao Cláudio hospitalizado, já nos derradeiros dias de sua vida, Toninho conta que estavam conversando quando Cláudio comentou, ao acaso: "O papai taí do seu lado". Toninho perguntou, surpreso: "Poxa, onde exatamente?". E o Cláudio: "Ah, agora ele já foi embora". Ah, meu irmão, nosso pai tão marcadamente distante se fazia presente na sua lembrança. Talvez por causa das medicações paliativas, seus delírios traziam José de volta, insistindo para não ser esquecido. Como um derradeiro adeus.

(Ziza me pediu que redigisse esta carta para os doadores de sangue na empresa do Toninho.)

Prezados amigos e amigas: Durante um ano e meio, meu marido, Cláudio José Trevisan, lutou contra um câncer linfático. Foi um período duro, em que familiares e amigos fizeram o humanamente possível para ajudá-lo — o que não é surpreendente, em se tratando de pessoas que o conheciam, amavam e não queriam perdê-lo. Infelizmente, Cláudio não resistiu e nos deixou. Se ele está agora num lugar para nós desconhecido, tenho certeza de que é o exato lugar que lhe cabe desde toda a eternidade. Nesse ano e meio de lutas e esperanças, muitas pessoas que não eram sequer do nosso convívio partilharam conosco as tentativas de salvá-lo. Num gesto de generosidade indescritível, tanto maior por ser gratuita, elas lhe doaram o melhor de si: seu elemento vital, seu próprio sangue. Essas pessoas são vocês. Quero lhes dizer que seu gesto anônimo foi de um amor imensurável e merece a mais profunda gratidão. Tenham certeza de que o mundo é muito melhor por causa de vocês.

Assim como eu, Cláudio vai lhes ser eternamente agradecido. Fraternalmente,

Alzira

(Ziza não aproveitou essa carta. Acabou fazendo algo do próprio punho — o que acho melhor para ela no seu trabalho de luto.)

* * *

(10 de junho de 1996.) Estou me esforçando, com certo êxito, para aceitar a morte do meu irmão. É o que o povo chama popularmente de "se conformar". Mas há momentos em que a represa estoura e me revolto. Então a morte, essa coisa tão cotidiana e tão absurda, me parece um perfeito e irremediável horror. Não aceito, me recuso. Esperneio e esmurro a parede. Foi o que aconteceu ontem à noite, quando acabei criando um desagradável incidente telefônico com meu amigo F., sem mais nem menos. Fiz minha primeira tentativa de substituir o Cláudio, um confidente incondicional. Foi um desastre.

Dos três grandes amores da minha vida, Cláudio era o único que sobrava. Quando sua doença apareceu, o céu despencou sobre minha cabeça. Para mim, Cláudio era eterno. Nas minhas previsões mais otimistas, tudo estava preparado para deixá-lo como meu testamenteiro e curador, pois sempre pensei que eu morreria antes. Até preparei um documento para isso. Além de surpreso, me sinto um pouco mais depauperado. Ou seria o contrário? A vida costuma me tratar à base de surpresas. Talvez eu tenha que prescindir do Cláudio na tarefa de cavoucar eu mesmo aquele tipo de consolo que ele sempre significou para mim.

(13 de junho de 1996.) Ontem o telefone tocou às seis da manhã. Pulei da cama, pensando: "Quem será desta vez?". Era um fax da minha agente alemã. Hoje acordei no meio da noite, sem sinal de sono. Uma dor de solidão inconsolável, talvez

resultado de algum sonho, mesclada a uma imperiosa necessidade da minha libido. Me masturbei debaixo das cobertas, o que deu início a um dia depressivo. Ainda cedo, lembrei de quando Ziza comentou episódios de Cláudio se masturbando à noite, mesmo depois de casado, o que a surpreendia muito. Ela narrou isso diante do Cláudio, compartilhando de modo natural sua intimidade, sem fazer críticas. Ele pareceu um pouco desconcertado, mas deu de ombros. Esse fato acabou me inspirando um conto, "O onanista", que depois adaptei para o cinema mas nunca foi filmado. Hoje fico me perguntando se não haveria nesse gesto do Cláudio uma tentativa de mergulhar em si mesmo, suprindo alguma falta que nem ele podia compreender. Quantas tentativas como essa você não teria acionado para achar o seu caminho, meu irmão?

Em agosto de 1994, pedi ao Cláudio para ser um dos leitores experimentais de *Ana em Veneza* quando precisava ouvir algumas opiniões e tirar dúvidas cruciais para finalizar o romance. Cláudio tinha chegado das férias no México e estava empolgado com a ideia de, finalmente, conhecer meu livro pronto. Quando chegou ao trecho em que a pequena Dodô entra no antigo quarto da mãe e a revê morta, Cláudio teve uma crise de choro e não conseguiu prosseguir. Ficou quinze dias longe do romance. Tentou recomeçar várias vezes depois. Mas sempre que retomava a leitura nesse trecho chorava copiosamente. Após várias tentativas com igual resultado, desistiu. Ele mesmo me contou, desolado e impressionado, comentando que seu problema era de impossibilidade física: nas tentativas de leitura, ficava com os olhos tão cheios d'água que não conseguia ler. (Durante a doença retomou a leitura, mas não estou certo de que tenha passado daí; pelos seus comentários vagos, suspeito que ele disse ter lido apenas para me apaziguar.) Hoje imagino que o episódio evidencia como Cláudio não conseguiu encarar a morte da própria mãe em seu recinto interior — espaço defendido contra a dor sem remédio que tinha dentro de si, criança desprotegida que era. Nesse mesmo ano, Cláudio adoeceu.

Ainda o enigma: se como quer a psicanálise é preciso encarar a morte do pai para chegar à maturidade, eu me pergunto sobre o processo interior do Cláudio perante nosso pai alcoólatra. Pergunto se não teria simplesmente se recusado a aceitar o pai fraco e, a partir daí, foi criando uma muralha de defesa em torno de si na tentativa de articular um simulacro de paternidade. A vida do Cláudio pode ter incorporado uma dura e prolongada batalha de rebelião contra o pai. Não posso esquecer quando, já adolescente, ele enfrentou o papai bêbado, derrubando-o ao chão e humilhando-o, para impedir que batesse na mamãe. Segundo teria dito a um amigo, ele nunca se perdoou por tal incidente. Tento imaginar como meu irmão precisava de perdão. E isso eu cheguei a comentar com ele no começo de sua doença, quando ainda podíamos ser interlocutores. Ao mesmo tempo, Cláudio talvez tenha recapitulado, em certa medida, as dores do nosso pai, que se fechou para qualquer afeto e se tornou incomunicável, exceto através da pinga. Vale lembrar que, nos últimos anos de vida, meu irmão começou a exagerar no consumo de bebida alcoólica.

Ziza me conta que encontrou um seguro de vida feito incognitamente pelo Cláudio em setembro de 1994, quer dizer, pouco mais de um mês antes de seu câncer aparecer. Ele intuía o que estava por vir? Fui inserido como um dos beneficiados, ao lado de sua mulher e as duas filhas. Confesso que isso me alivia de todos os fantasmas de desconfiança que poderiam me rondar. Se eu não tivesse outra prova do seu amor, acho que seria definitivo saber que eu fazia parte da sua família.

Sobre a minha escrivaninha, encontro um bloquinho de papéis com o nome do Cláudio. São endereços de videntes, médiuns, pais de santo, curandeiros e menções a remédios alternativos à base de ervas anotados durante esse ano e meio da sua doença. Olhar para aquilo me remete ao desespero que me assaltou, mas também ao meu amor. Recorri a tudo, e a tudo recorreria para salvar você, meu irmão.

No último domingo do Cláudio, 2 de junho, no quarto 664 do Hospital Albert Einstein, Ziza abre os dois biscoitos chineses que o Toninho levou, e encontra duas mensagens. No biscoito do Cláudio: "Muito em breve você estará sentado no topo do mundo". No dela: "Você passará por um teste difícil que a tornará mais feliz". Ziza conta que ficou gelada.

A terapeuta energética que acompanhou o Cláudio nesse último domingo de sua vida relatou à Carminha — sua tutora no acompanhamento terapêutico — que meu irmão estava muito bem. Sentia-se culpado sim, mas não pela doença. Sua culpa era não ter aprofundado sua vida interior.

Você lembra, meu irmão? Logo após minha volta do exílio de três anos, encontro papai, bêbado, decrépito e sujo, quase mendigo, na casa da Itaberaba. Vou me refugiar na área de serviço, onde você me encontra chorando. Você me abraça, igualmente em prantos.

Quando julgou que sua livraria, a Dom Quixote, estava em situação financeira equilibrada, Cláudio passou a fazer distribuição de lucros aos funcionários — um sonho que alimentava desde quando se instalara em Jundiaí. Pouco depois, dois dos funcionários mais importantes e de total confiança se desligaram sem explicação e abriram uma livraria concorrente, a poucos metros da sua. Como se não bastasse, ambos moveram uma ação trabalhista contra meu irmão. O revés sofrido foi um golpe terrível nos seus ideais políticos e lhe deixou mágoa profunda. Cláudio viveu como um varão justo que nunca se permitiu injustiças — nem ser injustiçado. Seu senso de justiça podia até ser inflexível consigo e com os demais. Manifestava-se numa necessidade crescente de controlar tudo racionalmente, desde sua correção política até o copo que estava fora de lugar na sala. Toninho acha que o linfoma do Cláudio se desenvolveu depois da ação trabalhista movida contra ele por seu antigo gerente, mesmo porque, em razão do cargo, o cara tinha participação especial nas vendas. Sua saúde teria piorado graças à mágoa provocada pela abertura da livraria concorrente, que considerou um golpe desleal.

Outro dia me lembrei dos seus livros amados, de que você vivia falando, meu irmão. À frente de todos, *O púcaro búlgaro* e outros romances satíricos do Campos de Carvalho. Outro dos seus preferidos era o estranho *Meu tio Atahualpa*, escrito pelo brasileiro Paulo de Carvalho Neto misturando espanhol ao quéchua, que você elogiava insistentemente. Havia também músicas prediletas, como eu poderia me esquecer delas? A *Nona sinfonia* de Beethoven, sua adoração. E a canção "Yolanda", com Chico Buarque e Pablo Milanés. De Haydn, você amava tudo, especialmente os "Concertos para piano", que eu lhe dera de presente numa linda gravação com Emanuel Ax. Você lhes devotava verdadeira adoração. Parece que eles o entendiam e pacificavam. Lembro que certa vez você mencionou algo associado ao pai nesses concertos. Não me lembro em qual circunstância. Mas me ocorreu que Haydn se chamava Joseph, tal como aquele José que nos presenteou com seu espermatozoide para nos dar a vida. Talvez já embalado pela doença, no hospital, certo dia você chegou a reclamar com a Ziza que eu só lhe levava CDs do Haydn. Mas esqueceu que você próprio insistia comigo para trazê-los. E havia tantos outros. Muitas vezes compartilhávamos os mesmos gostos musicias, talvez porque você os aprendera comigo. Lembra como você costumava me dar dinheiro para montar sua coleção básica de CDs clássicos? Que satisfação eu sentia quando os escolhia e comprava. Você os tocava também na livraria, com orgulho por respirar paz e oferecer refinamento.

Um detalhe que me instigava no comportamento do Cláudio era a mudança paulatina do seu riso. De franco e espontâneo foi se tornando forçado, enquanto envelhecia, muito antes da doença. Meu irmão ria sem convicção. Perdera a beleza cristalina do riso na mesma medida que se acelerava sua tendência ao álcool. Alguma coisa se rompia. Talvez parte da esperança.

* * *

Ante as perspectivas que se fechavam com sua doença, embarcamos em vãs tentativas de salvação, de tal modo que às vezes parecíamos um bando de loucos. Não posso esquecer o episódio tétrico provocado pela vidente Solange. Quando a doença do Cláudio já estava sem solução, ela apareceu com a notícia de que alguém — talvez um livreiro concorrente — havia enterrado, na ribanceira que dava para a casa da chácara, uma carcaça de boi amaldiçoada. Para salvar o Cláudio, era preciso localizar, desenterrar e dar fim, o mais rápido possível, a essa carcaça, única maneira de neutralizar a maldição. Assim se cumpriu, e foram feitas as desvairadas escavações. Ao final, eram tantos buracos que o terreno parecia alvo de um bombardeio. Não achamos nada. Olhando a distância, aquele cenário de guerra parecia comprovar, em contraposição, que ali se escondia a vida do Cláudio, como um tesouro a ser resguardado. Quando Cláudio já estava desenganado, ocorreu outro episódio delirante na casa da chácara. A vidente pediu que todas as pessoas deixassem o local, exceto o Toninho, que ficou junto à cama segurando a mão do Cláudio. Enquanto a vidente caminhava por todos os cômodos para limpar os maus fluidos do local, Toninho sentiu que a casa parecia tremer. Ficou muito espantado, como nos relatou.

Entre as tantas estranhezas que nos envolveram nesse período tenebroso, destaca-se um fato ocorrido no dia da morte do Cláudio. De imediato, gravei uma longa entrevista com o caseiro, que testemunhou a história toda. Ao voltar da padaria, bem cedo, ele se deparou com um garotinho muito lindo, conforme asseverou, que tocava a campainha no portão da chácara.

Não lembro se o garoto trazia flores. De início, o caseiro não entendeu a situação. Até descobrir que o pequeno desconhecido queria falar com o Cláudio. Inseguro e meio assustado, o rapaz desconversou. O menino foi embora. Depois de subir a rampa, o caseiro recebeu a notícia de que o Cláudio tinha acabado de falecer. Ao se dar conta da coincidência entre a morte do patrão e a visita do garoto, o caseiro teve uma crise de choro, tão intensa que ele quase desmaiou. Quando fui ouvir a entrevista, descobri que nada tinha sido gravado nos dois microcassetes. Fiquei desolado. A nós, a história pareceu chocante por adensar a aura de mistério que nos envolvia. Quem era aquele menino? Um mensageiro? De quem? O que ele de fato viera fazer ali? Na gravação frustrada, lembro que o caseiro contou ter tido a impressão de que um anjo viera abençoar o Cláudio na despedida final. Ainda alimento a esperança de algum dia desenterrar essa entrevista na minha gravação.

Surpresa. Quando tomo a rasteira da morte do Cláudio, caio sobre um acolchoado que a vida já vinha me preparando. Em dezembro de 1995, participei, furioso, de uma mesa de debates no Centro Cultural Banco do Brasil do Rio de Janeiro. Pareço possuído por indignação e fúria generalizadas, que canalizo contra os bancos. Lembro de ter encerrado minha participação gritando, a plenos pulmões, que só nos restava exigir dos bancos a devolução do dinheiro que nos roubaram com seus juros extorsivos. Encerrada a mesa, um casal de ingleses vem falar comigo. Sorriem e se dizem encantados com minha participação. O homem é Patrick Early, diretor do British Council no Brasil, e ali mesmo me convida para participar de um seminário literário internacional em Cambridge. Aceito no ato. Agora, menos de uma semana após a morte do

Cláudio, confirma-se esse convite feito no ano passado para minha viagem à Inglaterra, com direito a passagem aérea e estada. Parece-me um presente dos céus. Neste momento, nada é melhor do que ares novos, caras novas, nova cultura, para sair do meu cotidiano, olhar minha vida de fora e avaliar o que sobrou dos meus cacos após essa perda bruta. *Gracias a la vida.*

23 de junho de 1996

Meu primeiro aniversário sem o Cláudio. Queria muito ouvir a sua voz ao telefone, me dando os parabéns. Ele era sempre o primeiro a ligar, logo cedo. Ontem à noite, sábado, fui ao Theatro Municipal, apinhado de gente, ouvir o "Réquiem alemão" de Brahms. Digo "ouvir" porque só encontrei lugar no último andar, o chamado "poleiro", que não me permitia ver quase nada da orquestra, apenas o coral. O barulho ali em cima vinha de todo lado. Cadeiras e chão rangendo, gente chegando atrasada ou mudando de lugar. Uma senhora, logo atrás de mim, desembrulhou um bombom com papel-alumínio. Um casal na frente trocava ideias. Mais atrás alguém bocejava, escarrapachado na cadeira. Ao meu lado um senhor regia a orquestra, não muito discretamente; de vez em quando dava súbitas fungadas, seguidas de tosses generosas; passou a acompanhar o ritmo com as pernas; e teve uma longa sessão de fuçar o nariz, com vários dedos alternados — tudo sem a menor discrição. Obrigado a dividir o meu amor por Brahms com o desinteresse do cara, ainda assim não consegui conter minha emoção. Com que rigor, com que radicalidade Brahms interpretava a minha dor. Chorei de saudades do Cláudio. E como eu precisava daquela profecia de Brahms sobre a morte!

Pouco depois acabei achando graça do homem, especialmente quando comecei a rabiscar notas no meu programa; a cada vez que eu escrevia, o meu indiscreto vizinho fazia o mesmo no seu programa. Talvez para comprovar que, apesar da falta de educação, ele também estava curtindo Brahms. Sim, o mundo é bastante insuportável. Sim, meu adorado Cláudio morreu. Sim, ainda que a morte interfira de todas as maneiras, eu não desisto. Eu não desisto. Eu não desisto de amar meu irmão.

Na mesma noite do meu aniversário de cinquenta e dois anos, um agradável encontro em casa do Toninho. Na hora do bolo e dos parabéns, eu pretendia brindar à memória do Cláudio. Afinal, ele tinha morrido quase vinte dias antes. Queria falar da saudade que deixou mas também da felicidade de ter convivido com ele, o que é um fato inesquecível. Toninho não se entusiasmou com a ideia. Uma amiga me dissuadiu de maneira pouco sutil. E minha irmã reagiu muito negativamente, dizendo que ia ser ruim e constrangedor para os convidados. Eu me senti de novo no papel do irmão que gosta de inventar esquisitices fora de propósito. Nem parece que fui eu o motor principal de todas as comemorações ao amor do Cláudio, sobretudo propondo alegria em plena cerimônia de cremação, quando vieram agradecer minhas palavras e Toninho chegou a me beijar. Mas essa era, sem dúvida, uma época propícia para esquisitices. Agora chegou o momento de cair na real, quer dizer, encarar a necessidade de esquecer. Minhas lembranças já não servem mais. Confesso que me doeu não poder ter chamado a presença do Cláudio para o meu aniversário com uma homenagem carinhosa. Achei que a reação dura da minha irmã tivesse a ver com suas crenças espíritas. Depois eu soube que ela chorara muito ao ver a foto do Cláudio que Ziza tinha levado de presente para cada um de nós. Certamente estávamos todos tentando superar a dor, cada qual à sua maneira. O que é um alívio para mim pode ser doloroso para outros.

São Paulo, 24 de junho de 1996

Pela primeira vez, sonho com o Cláudio ausente. Lembro apenas vagamente dos detalhes, em meio à sensação de desolação e desamparo. Estávamos numa casa ampla e decadente, à beira da praia. Eu tentava tomar conta do local, que teria sido a casa do Cláudio. Essa tarefa me enchia de ansiedade. Soprava um vento triste, que dava a dimensão exata da minha solidão. Não sei como, lá pelas tantas o Cláudio apareceu, sorridente, silencioso e belo como meus olhos sempre o viram. Mas em nenhum momento deixei de perceber que aquele era um Cláudio que *tinha sido*. Essa sensação doía muito, latejava. Acordei melancólico, olhando a vida com olhos mornos, descorados. À noite, longa conversa telefônica com Ziza. Ela me diz que o meu amor pelo Cláudio é provavelmente muito maior que o de todos os demais juntos, incluindo o dela. Pergunta, brincalhona, se não teríamos sido alguma outra coisa em vidas anteriores. Quem sabe pai e filho. Ou mãe e filho, replico.

Tentei me lembrar das vezes em que meu irmão Cláudio chorou comigo, compartilhando minha dor. Impossível contar, tantas foram. Quanto desse pranto não teria se acumulado na forma de linfoma, meu irmão?

* * *

25 de junho de 1996

Sonho mais uma vez com o Cláudio, mas poderia ser uma visão. Ele está na minha cama. Se aconchega a mim, como se deitasse no meu colo. Está iluminado, leve, brincalhão. É como se procurasse uma legítima proteção. Aceito-o de todo o coração e sem fazer perguntas, como um filho grande. Vou proteger meu irmão. Abraço-o por trás, ele cruza os braços satisfeito e diz, brincando: "Hum, aqui tá bão!...". Depois, novo sonho com despedidas, situações emergenciais. Parece ser um colégio na Alemanha. Estou de visita. Por algum estranho motivo, chego atrasadíssimo para o café da manhã. Todos terminaram e eu ainda nem comecei. Os presentes são todos homens e irão participar de uma passeata guei. Eu não quero perder, mas tenho fome e não sei como pedir o café em alemão. Encontro o F. e lhe pergunto como fazer. Ele dá de ombros: também não sabe. E vai embora. Fico aflito, porque todos já estão saindo. Tento apanhar alguma comida numa mesa perto da entrada, mas a mesa começa a ser recolhida e desmontada. Os funcionários, que parecem turcos, riem zombeteiros. Desconfio que riem de mim.

São Paulo, 27 de junho de 1996

Sonhos recorrentes de histórias que acabam, eu me apressando para entrar em alguma outra coisa que vai começar. Dia desses a vidente Solange M. me disse ao telefone: "Vou te ensinar a se conhecer, porque você não se conhece. Você tem uma modéstia demasiada que só te atrapalha. Através dela, você recusa uma tarefa para a qual foi chamado e da qual foge. Você precisa aceitar que é um avatar, um pequeno avatar". Desconheço o sentido exato de "avatar". O que vejo são sinais por toda parte, e todos eles convergem para uma mudança colossal em minha vida interior, talvez o final de um ciclo e o começo de outro. É claro que, sincronicamente, aí se inserem tanto a necessidade de sair do lúgubre apartamento da avenida Nove de Julho quanto a morte do meu irmão adorado. Descubro por sonhos, intuições e reflexões que Cláudio foi meu último elo de dependência com um pai. Num processo inconsciente, era assim que ele funcionava para mim. Mesmo que estivesse longe, eu me sentia seguro porque Cláudio estava lá, existindo. Era como se a certeza do seu amor embasasse o meu. Agora, meu último pai acabou. Curiosamente, tenho tido sonhos em que sou chamado a tomar conta do Cláudio, a me apropriar dele, do meu pai. Preciso resgatar esse pai que está dentro de mim — e penso que a Solange se referia a isso quando mencionou a "minha tarefa". A tarefa de ser meu próprio pai implicaria, quem sabe, tomar consciência de que sou pai de muita gente, ainda que eu não goste e não admita.

Intuindo esse movimento de revolução interior e desamparado ante a perda do Cláudio, voltei a fazer terapia com a Carminha. Para ela, eu estou me desligando do arquétipo do bode expiatório e me incorporando mais ao arquétipo do herói. Nesse sentido, vem-me insistentemente à cabeça o episódio de Jacó e o Anjo. Esse é o emblema da minha vida, desde que saí do seminário — e saí rigorosamente apaziguado depois de ler e reler esse trecho da bíblia. Então acho que chegou minha hora de parar de lutar com Deus e admitir que eu, sem nenhum receio, venci Deus. Vencer Deus talvez signifique simplesmente que, ao vencê-lo, eu o introjetei e me tornei algo como ele, parte dele. É um movimento de grande aproximação ao meu Self, meu eu interior. Claro que as consequências são monumentais. Tenho que arcar com elas, mas também quero receber a bênção por essa luta que venci, tal como Jacó foi abençoado pelo Anjo. Ontem tive uma sessão de terapia muito densa. Eu queria analisar meu calcanhar de aquiles (o calcanhar do herói, como bem lembrou Carminha). Trata-se do meu descontrole emocional, que acaba me deixando sem defesas. Tanto quanto o Cláudio, tenho momentos de explosão emocional — não tão violentos como os dele, mas suficientes para esgotar minhas energias, solapar a mim mesmo e me deixar fragilizado diante do mundo. Na verdade, quando isso acontece, eu me afundo na ausência de um chão onde me agarrar. Lembrei vários casos recentes em minha vida. Basta que na rua eu me sinta vítima de um gesto injusto e minha defesa é implodir as *minhas defesas*. Como se minha dignidade naufragasse através de uma ira irracional. Presenciei ataques de ira do Cláudio que me deixaram apavorado. Era como se ele estivesse possuído por um bicho que se voltava contra si próprio. Cláudio se tornava então uma escavadeira selvagem perfurando o chão de si mesmo, sem fundo, sem fim, o próprio nada no seu interior. E essa ausência de fundo eu sinto também: a ausência da imagem do pai, não tenho dúvida. Torna-se uma autoagressão porque não há nenhuma defesa sólida no interior: sem o pai, é como se faltasse chão firme, o começo de tudo, a base de minha estrutura. O abismo é o limite. E ele engole malignamente tudo. Cria-se então um nó autodestrutivo. Acho que Cláudio foi vítima disso. E eu também. No mais fundo do fundo, tanto a ele quanto a mim faltou a certeza de ter sido amado por um pai — o chão, nosso ponto de partida. Sei bem o quanto tal ausência me desequilibra emocionalmente. Quer dizer, estou sempre exposto, como bode expiatório que recebe os pecados do mundo porque, movido por sentimentos de culpa e abandono, eu próprio acho que mereço a culpa por esses pecados. Minha mania de dar presentes, por exemplo, exemplifica bem como eu não me julgo digno do amor dos outros — preciso merecê-los mimando-os. Apenas porque não fui digno do amor do meu pai, todos os outros amores me parecem impossíveis. Sou eu que me sinto sempre devedor do amor aos outros. Até minha literatura: escrevo o melhor que posso para ser amado, sem dúvida alguma. Por anos a fio venho amando sem ser amado. A perda de E. com certeza se inscreve nessa longa lista da perda de mais um pai. Talvez eu faça algum movimento inconsciente de sabotagem para não ser amado. Minha discussão com o F. também se insere aí: no dia seguinte, mandei-lhe uma roseira e um CD de presente, aturdido ante a ideia de não ser mais amado por um amigo. Como se o amor fosse importante só para mim. Não me ocorreu que o próprio F. poderia perder um amigo insubstituível: eu. É o mesmo que sinto com o pequeno Victor Henrique: suas demonstrações de amor por mim me comovem tanto porque não me julgo digno dele. É como se ele fizesse um favor ao me amar. Por outro lado, não posso esquecer que, apesar de todas as humilhações que já vivi, tenho sim consciência do meu próprio valor. Eu o conquistei palmo a palmo, culminando com a luta pela integridade do meu desejo homossexual, num embate sofrido e solitário. Então por que esmolar tanto afeto? Chorei convulsivamente na terapia. Sei que já venho trabalhando há muitos anos a ausência do meu pai — desde o último ano de seminário, nos meus longínquos dezenove anos, quando vinha de Aparecida do Norte até São Paulo fazer terapia com madre Cristina. Lembro que no comecinho da década de 1970 eu fiz um poema em que insistia: "Sou meu próprio pai". Não por acaso, perdi esse poema. Perdi essa ideia. O amor-perda se instalou como uma necessidade de encontrar o pai fora de mim, ser amado para suprir a ausência.

Perder o amor de E. teve essa conotação dilacerante. Perder o Cláudio, idem. Agora entendo que a meta da minha mudança interior é reconquistar o pai dentro de mim, reerguê-lo como uma coluna firme e estabelecer meus referenciais a partir daí. Será o meu recomeço, algo como o meu umbigo. Trata-se da tarefa insana no arquétipo do herói: começar por assumir o heroísmo em minha própria vida, pois consegui sim sobreviver às dores e perdas. Isso não é pouco. Mas atenção: assim como na condição de bode expiatório há um herói não assumido, trata-se aqui de resgatar uma força que já existe dentro de mim. Esse é o palco onde se desenrola a cena da minha vida hoje, com seu cenário, suas ferramentas. Mas desconheço se darei conta de achar o meu protagonismo e de vivê-lo na prática. Não sei se vou conseguir realizar a guinada crucial de erguer os fundamentos do pai, e isso me aflige. Mas de algo eu tenho certeza: adoro o desafio de assumir o meu lado "Israel" no sentido bíblico, ou seja, "aquele que luta com Deus e vence". Resta saber: se não existem anjos, como vou ser abençoado? Por quem senão por mim mesmo?

Certa noite, Cláudio vem de Jundiaí me visitar pela primeira vez no apartamento da Nove de Julho. Traz Ziza e as duas meninas. Visita deliciosa. No dia seguinte ele me telefona para dizer que encontrou seu carro estourado embaixo do viaduto onde o deixara estacionado junto com outros carros. Levaram tudo o que havia dentro. Fico me sentindo culpado de morar nesse lixo de região.

Ah, meu irmão, às vezes me flagro esperando secretamente seu telefonema, em torno das sete da noite, como você costumava fazer. Sua voz bonita soava segura, sonora e quase sempre risonha, de expressão intensa: "Joããããão... Oooi". Depois, satisfeito: "Ah, pensava que não ia te achar!". Essa ilusão não dura mais do que segundos, até eu me dar conta de que não haverá mais seus telefonemas. Então é bem duro, porque sua voz garantia que tudo continuava no lugar certo, acontecesse o que acontecesse. Acabou, irmão.

Quando Cláudio já estava desenganado, tive problema com dois dentes. Achei que fosse apenas alguma restauração quebrada. Não, eu os trinquei, em meio à tensão. Foi o que disse a dentista, que consultei antes da viagem para a Inglaterra a convite do British Council.

Chegada a Londres, em meio aos convidados que compõem a delegação brasileira, entre representantes literários e jornalistas. Eu sou ali um estranho no ninho, o único cujo convite não veio do governo. No trem a caminho de Cambridge, descubro que uma das minhas bolsas de viagem (justo aquela que Ziza me emprestou) foi arrombada e rasgada. Levaram minhas blusas de frio e todo o estoque de microcassetes virgens para gravação de entrevistas. Felizmente sobrou meu gravador. Muita dificuldade para ser reembolsado pela Scandinavian Airlines, a empresa em que viajamos.

A estada em Cambridge me permitiu alguns encontros, especialmente com Ana Maria Machado, que eu não conhecia pessoalmente e me encantou através da sua deliciosa conversa. Houve momentos de descontração quando fomos apresentados à horrível culinária inglesa, num banquete de congraçamento, em que tudo sobrava e nada combinava com nada, inclusive o faisão esturricado — o que me permitiu conhecer os motivos gastronômicos da queda do Império Britânico. Ali ocorreu também o encontro fortuito com a tradutora italiana Maria B. por causa do barulho da sua transa no quarto contíguo, que não me deixou dormir. Ela riu, como se fosse uma traquinagem, e eu ri junto, encantado com sua espontaneidade. Graças às divisórias finíssimas (talvez uma sutil repressão às tentações de intimidade em demasia entre os alunos), começou ali uma grande amizade. Também houve uns poucos momentos desagradáveis, como minha vã tentativa de entrevistar a escritora Doris Lessing, presente no seminário, que me tratou com grosseria — de modo que nem consegui terminar a entrevista, tal seu estado de irritação sem motivo aparente. Em compensação, foi marcante o recital a que assisti, nos arredores da cidade, do contratenor inglês James Bowman, que eu já amava de paixão. Antes do encerramento do Seminário Internacional, li em público a tradução inglesa do meu conto "Dois corpos que caem" ("Two Bodies in Vertigo"). Já em Londres, fui visitar Guillermo Cabrera Infante e sua mulher Miriam Gómez, um casal adorável e pleno de humor. Eu conhecera Guillermo pessoalmente, poucos anos antes, na Bienal de Arte de São Paulo, e começamos uma amizade a distância desde que fiz a tradução de seu romance autobiográfico *Havana para um infante defunto*, que mereceu elogios seus. Fazemos uma entrevista repleta de histórias hilárias e, por vezes, dolorosas em relação ao exílio paranoico (que o levou a ser internado num manicômio), mas também de observações ácidas sobre a hipocrisia dos ingleses ("por isso há tantos grandes atores na Inglaterra..."). Aliás, pude comprovar o moralismo do governo inglês, que proibia quaisquer sinais públicos de prática homossexual, considerada simplesmente pornografia, ainda ecos do período sinistro de Margaret Thatcher. Lembro que, ao tomar um táxi de uma empresa gerida por homossexuais, ganhamos um cartão de publicidade com a foto de um rapaz de calção que, molhado delicadamente com saliva, revelava tudo o que o moralismo da ex-primeira-ministra pretendia esconder.

Londres, 23 de julho de 1996

No meio da imensa loja Tower Records, ouço tocar no sistema de som o trecho "In paradisum", do *Réquiem* de Fauré. Começo a chorar irrefreavelmente ao sentir que nunca mais verei meu irmão. Por estranho que pareça, também reconheço ali um choro de consolo. Fico comovido por me descobrir um exilado que encontra sua pátria na poesia da música — com o mesmo encantamento esteja eu onde estiver. Quando volto para casa do Zé Antônio, que me hospeda, ele me presenteia com uma série de fotos que tirou de mim. Tenho vontade de atirar as cópias para longe, chocado. Passaram-se os tempos fotogênicos em que eu conseguia driblar a inexpressividade do meu rosto. Nas fotos de agora, aparece um rosto destroçado, quase desfigurado — pela velhice que não consegue esconder o menor cansaço. Fico quase revoltado ao perceber que minha cara está se tornando cada vez mais parecida com a do meu pai. Seria uma indicação profética ao meu inconsciente ou seria meu inconsciente moldando a infalibilidade do meu trajeto através da falibilidade do meu rosto? Antes de dormir, choro de saudade do Cláudio. É como um pesadelo lembrar que voltarei ao Brasil e ele não estará mais lá esperando para ouvir as minhas histórias. De joelhos à beira da cama, agradeço ao Cláudio por ter sido meu irmão e ter estado na minha vida.

* * *

No avião de Londres para Roma,
30 de julho de 1996

Na fulgurante manhã de verão, ouço na programação da aeronave uma bela interpretação da *Sexta sinfonia* de Beethoven com o maestro Karl Böhm. Não sei por quê, Cláudio me vem à lembrança. E subitamente me ocorre, como um soco de nocaute, que ele nunca mais ouvirá esta maravilha e, portanto, jamais voltaremos a compartilhá-la, como quando ficávamos em audição na sala de sua casa, ele muito ávido por captar tudo o que eu dizia, como um aprendiz ideal. O sentimento de sua ausência bate quase insuportável. Sou invadido pelas lágrimas. Penso em Ziza e nas duas meninas como pessoas abandonadas. Por que tais sentimentos, agora que vou para Roma? Me sinto cansado. Trabalhei muito em Londres. Não sei até que ponto preciso me encher de encargos; para além de receber algum dinheiro das entrevistas com escritores, mantive contatos com meu editor, agentes e tradutores, assim como com ativistas homossexuais. Carrego comigo essa firme sensação de que a vida é um fardo, sempre muito difícil e cansativa, pois nada é de graça, nunca. Em todo caso, não esqueço de agradecer a Beethoven, do fundo do meu coração. Mesmo contra minha vontade, sei que não tenho uma sensibilidade banal. Daí a dificuldade de ser feliz. Daí também a possibilidade de encontrar tanta gente, de tantos lugares e séculos, para me ajudar a sobreviver.

Logo que chego a Roma, no quarto da pequena *pensione* em Trastevere, sou tomado por uma enorme solidão. Choro desconsolado. O que faço aqui? O que tem sido minha vida? — me pergunto em meio ao pranto.

Decido telefonar para Maria B., a tradutora italiana, que generosamente faz questão de me acolher em seu apartamento, próximo à Stazione Termini. Ela está apaixonada pelo jovem escritor que conheceu em Cambridge e sente saudade de ouvir o som da fala brasileira. Quer que eu lhe leia em voz alta um fax que recebeu do Brasil. Mais tarde, quando estou sozinho, leio intrigado um dos livros do jovem escritor, que Maria recebeu. Como escreve bem, penso. Muito melhor do que eu. Depois, no computador de Maria, onde preciso trabalhar, descubro que inadvertidamente ou não ela incluiu meu nome no mesmo diretório do jovem escritor. De certo modo, sua amizade inesperada e sincera me apazigua. Maria é sensível e inteligente, tem um riso contagiante e irradia uma simpatia natural. Isso sem esquecer seu belo rosto que parece pouco propício a envelhecer. Conversamos longamente, em especial ao redor da mesa, saboreando os pratos que ela cozinha tão bem.

De algum modo consigo respirar, levantar a cabeça e saborear Roma. Não apenas a delícia de estar ali, numa das cidades mais encantadoras que conheço. Vou visitar algumas ruínas, igrejas e uma grande loja de CDs e DVDs. Eu sabia também que, diferentemente da opressiva Londres, aqui existe mais fluidez amorosa e diversos points de paquera guei — muito além do Coliseu, cujo frenesi erótico noturno conheci na minha primeira ida à cidade, em 1969, e que agora se tornou tão perigoso que só abre para turistas em horário diurno. Subi até o Pincio, uma das colinas de Roma, para saborear não apenas a vista da cidade, mas também algum passatempo mais atrevido que acontecia em seus jardins e patamares, como os guias gueis da época indicavam. A tranquilidade era tal que encontrei um número semelhante de guardas amigáveis e de frequentadores interessados em prazeres carnais. Depois de curta aventura, fui me descobrir numa situação constrangedora: inadvertidamente, minha calça manchou de esperma, e logo em seguida eu tinha um encontro na casa de amigos de Maria. Forçando alguma naturalidade, passei todo o jantar com minha bolsa a tiracolo pendendo sobre a calça, na tentativa de esconder o resultado da travessura. Minha naturalidade causou estranheza, a ponto de intrigar uma amiga de Maria que, já bêbada, lá pelas tantas não se conteve: "Por que você não deixa essa bolsa de lado? Parece que está sempre prestes a viajar".

No último dia de Roma, quando já estou em pleno clima de volta ao Brasil, caio em lágrimas na rua, ao sentir o cheiro de pão sendo assado no entorno da Stazione Termini. Sem perceber, sou atropelado por lembranças da infância em Ribeirão Bonito, com meu pai amassando seu pão de padeiro fracassado. Então me vem à mente uma canção que povoou aquele período, cujos versos simplórios ainda ressoam na voz inesquecível de Carlos Galhardo: "Quando a luz de uma estrela aparece mais bela/ É *l'amore*/ Se no toque de um sino há um murmúrio divino/ É *l'amore*/ Sino faz ding, ding, lin, ding, ding, lin/ Você diz *vita bella*". Alguma coisa se rompe e os cacos do passado não podem mais ser colados. Falta um pedaço irrecuperável.

Ainda na cidade, começo a escrever o conto "Sinos de Roma", que nunca foi completado. Além da parca introdução, sobrou seu final:

> Quando tomou o trem a caminho do aeroporto de Fiumicino, ouviu os sinos. Os sinos de Roma badalavam em tons incontáveis. Uma polifonia que soava eterna. Sentiu um ímpeto de felicidade porque sabia. Não, ninguém lhe falara sobre os sinos de Roma. Mas tinha certeza. Os sinos batiam porque alguém em Roma amava. Não que isso fosse uma grande novidade em Roma. Muita gente em Roma certamente amava. Quer dizer, ante a imensidão amorosa de Roma sua certeza era bem pouca. Um ridículo nadinha. Mas ali se ancorava indiscutivelmente uma certeza. Também sabia, com alguma melancolia, que não era ele o protagonista amoroso, apenas a testemunha desse novo amor que eclodira em Roma. Conhecia de longa data as deliciosas sensações de estar apaixonado. Mas não agora. Não sentia aquele turbilhão no peito, nem suspirava com a alma, nem pedia socorro aos céus para poder amar mais, e mais se condenar. Ser testemunha do amor era uma coisa bem pouca. Quase nada, porque parecia tão fácil testemunhar amores em Roma, uma cidade onde todos os dias tinha gente amando de novo. Mas testemunhar era uma maneira de ter certeza. Na verdade, provocava uma satisfação muito grande saber que havia alguém amando em Roma, a ponto de os sinos baterem em celebração. Uma coisa que só ele, Mr. Lucky One, podia saber. Foi com essa certeza imensa, quase sem tamanho, que chegou ao aeroporto, tomou o avião e abriu as asas sobre o céu da Itália, em direção ao Brasil. Ele se sentia feliz. Durante a viagem de volta, podia jurar que os sinos de Roma continuavam badalando, festivos.

De regresso ao país da minha dor, vou visitar Ziza, que me presenteia com lindas roupas do Cláudio. Ganho também seu anel mexicano, que eu próprio lhe dera de presente em 1976, ao voltar do exílio. Cláudio o amava tanto que não o tirava do dedo, até o anel se desgastar e romper. Três meses antes de adoecer, ele viajou ao México com a família e conseguiu restaurar o anel numa ourivesaria local. De início me dá medo usá-lo, mas também as roupas, que têm um delicioso cheiro de madeira. Sei que o anel está repleto da sua energia e é muito pessoal. Aos poucos, vou me acostumando à ideia. Não obstante a saudade que provocam, me faz bem vestir suas roupas. Me sinto protegido, acolhido por ele, literalmente. Quando me dou conta, estou vestindo sua cueca, camiseta, camisa, meias, blusão. E no meu dedo, sobretudo, seu lindo anel mexicano. Vestido de Cláudio, quem sou eu, afinal?

Em meio a tudo, estou mudando de casa após o prazo da denúncia vazia. O proprietário do apartamento lúgubre onde eu morava aumentou substancialmente o preço do aluguel. Não importa que ele seja o dono do prédio inteiro, além de outros pela região, nem que seja um deputado estadual conhecido — aliás, com seu nome inscrito na fachada do edifício. Não deu chance para negociar, e o fato é que eu não tenho condições de pagar. Inesperadamente, meu irmão Toninho me convidou para morar num apartamento que comprou. Foi muito emocionante, pois ele e Lena me fizeram uma festa surpresa. O apartamento é maior, muito iluminado e mais bem dividido do que o anterior. Além disso, está totalmente mobiliado, com muito apuro. A gentileza do Toninho e Lena não tem tamanho. Curiosidade que descubro de imediato: em frente ao meu prédio, do outro lado da rua, fica o monumento em homenagem ao Carlos Marighela, no lugar onde foi tocaiado e assassinado pela ditadura militar em 1969.

O funcionário do Toninho que tinha feito autotransplante de medula pouco antes da morte do Cláudio estava se sentindo muito bem e chegou a voltar ao trabalho. Mas há alguns meses o câncer retornou ainda mais violento. Ele morreu hoje, 25 de setembro de 1996. Toninho ficou se perguntando se não era bobagem ter alimentado a secreta culpa de que o Cláudio não teria morrido se tivéssemos providenciado a tempo seu autotransplante. Além disso, todos nós imaginávamos, de certo modo, que Cláudio não havia lutado o suficiente, em comparação com os dois funcionários do Toninho que tinham se recuperado. Agora, com a morte do rapaz, fica mais uma vez confirmado que o Cláudio foi vítima de uma doença fatal, acima de tudo. Ainda assim, permanece altaneira a pergunta: quem foi meu irmão? Um menino atravessando a vida assustado? O filho que sentia um visceral abandono pelo pai alcoólatra? Que tentou se proteger a todo custo? Um coração generoso que muitos confundiram com otário? Perguntas sem resposta. O mistério do meu irmão não tem fim nem explicação.

Meses depois da morte do Cláudio, encontro, na casa da Ziza, uma caixa de sapatos cheia dos remédios que ele tomava. Levo um susto. De tão estranhos, parecem nomes vindos de outro planeta.

Vivemos quase dois anos recitando uma Ladainha de seres estranhos, quase sagrados, que foram se tornando compulsoriamente familiares como um deserto no qual a gente é obrigado a habitar por falta de escolha. Mas também como os santos protetores e salvadores aos quais é preciso recorrer nas causas perdidas. Foi assim que vivemos em função dos Decadron, Agarol, Meticorten, e pedíamos *rogai por nós.*

Antak, Bactrim e Floxacin, *orate pro nobis.*

Ora pro nobis, Tramal.

Orate pro nobis, Dimorf, Fungizone e Micostatin.

Zofran, Dormonid e Cipro, *orate pro nobis.*

Rogai por nós, Venalot, Xylocaína, Hirudoid, Flogoral, Flogo-Rosa.

Intercedam por nós, Maalox, Ephynal e Tamarine.

Orate pro nobis, Tandrilax, Zyloric e Naldecon.

Orate pro nobis, Prepusid, Targocid, Sucralfato, Nebacetin.

Zolte, *roga por nós.*

Humectol, *ora pro nobis.*

Orate pro nobis, Thiaben, Rohypnol, Motilium, Dorflex, Nizoral e Slow-K.

Ora pro nobis, Amplacilina.

Tylex, Dramin, Naprosyn, *orate pro nobis.*

E suplicávamos: *miserere nobis*, Pamelor.

Miserere nobis, Dimetapp.

Tenham piedade de nós, Lomotil, Dulcolax, Povidine.

Miserere nobis, Riodeine.

E pedíamos ainda mais: *miserere nobis*, Nupercainal e Dermodex.

E suplicávamos: *ah, miserere*, Leucocitin, Adriblastina, Genuxal, Oncovin e Metotrexate.

Te rogamus audi nos, Vepesid.

Novantrone, Granuloquine, suplicamos: *ouçam nossa voz.*

E gritávamos ainda mais: *audi nos.*

Eprex, Fortaz, Vancomicina e Tienam, aos gritos *te rogamus* suplicantes, *miserere nobis*. Ouçam nossos pedidos de socorro.

Por quase dois anos rezamos essa Ladainha de Todos os Santos. Que não nos salvaram. Não havia ninguém para ouvir nossas súplicas. Quanto mais nossa voz rasgava os ceús rogando ajuda, mais desamparados nos encontrávamos. Sim, era difícil aceitar, mas tais nomes, de tão codificados em sua estranheza, pareciam ao mesmo tempo portar a marca do demônio. Os remédios aos quais recorríamos para buscar a salvação podiam, em igual medida, gerar motivos de indesejada condenação. Foi assim que vimos Cláudio sofrer de dores horríveis no corpo, quedas de cabelo e barba, infecções localizadas, uma septicemia com infecção generalizada, gripes renitentes, sapinhos na boca e na garganta, dores de cabeça, vômitos, diarreias, constipação e uma assustadora horda de ataques que nos faziam temer essas divindades diabólicas às quais recitávamos nossos impotentes *miserere nobis*.

Tento fazer com que Ziza venha semanalmente a São Paulo para vermos um filme ou uma peça, e assim ela se distrair. Num domingo, a caminho de um recital da minha amiga Anna Maria Kieffer, passamos diante do Instituto Pasteur, um prédio que eu nunca notara antes. Ali o Cláudio fizera o tratamento após ser mordido pela cadelinha doente de raiva. A lembrança me fez chorar desconsoladamente, ao lado de Ziza, em plena avenida Paulista.

Meu irmão, você nunca se deu conta de como seu amor favoreceu meu equilíbrio interior. Não sei se tal desconhecimento se deveu à sua proverbial humildade ou, simplesmente, a algum tipo de culpa que minimizava ou mesmo ignorava suas qualidades pessoais — inclusive a capacidade de ouvir o outro. Seu amor era para mim uma âncora segura — eu que passei a vida agarrando âncoras fouxas. Nunca precisei pesar na balança se eu era ou não digno do seu amor. Você nunca me pediu nada, muito menos trocas de favor que me levassem a merecer o seu amor. Mesmo porque ele era tanto, e tamanha a sua generosidade, que a balança sempre penderia para o seu lado, caso existisse uma. Então, fique certo de que eu teria enlouquecido, e talvez me matado, sem a certeza do seu amor. O tom pode parecer exagerado, expresso assim sem rodeios. Mas foram todos os passos do seu amor cotidiano, persistente e incondicional que ajudaram minha personalidade a sedimentar a autoestima necessária para me afirmar num mundo assustador. Em qualquer circunstância, eu sabia que você estava lá. Era sobre essa certeza, definitiva e indiscutível, que eu caminhava em terreno seguro. Como detesto o papel de pai, nunca me senti à vontade para articular essa vocação de ser forte e estar sempre seguro, algo que se costuma esperar de um pai. Nesse sentido, talvez eu tivesse faltado para você. Mas me consolo porque acho que cobri outra espécie de necessidade: aquela de lhe apontar as inseguranças, as dúvidas e a dor como espaços humanos por excelência. Penso que, mesmo sem nunca mencionar, você sempre se mostrou grato por isso. Tomara que a balança da vida tenha me permitido apresentar a você o terreno onde se pode estar seguro de sentir todas as incertezas, ser frágil e incompletamente normal, para se sentir vivo.

Sinto a mesma incondicionalidade no meu afilhado Victor Henrique: ele também me ama como eu sou. Outro dia, por provocação, seu avô materno lhe disse: “Você tem um padrinho feio". Victor respondeu, indignado: "Meu padinho não é feio não, seu bobo". Victor tem três anos de idade. E não me acha feio. Fico rindo de alegria.

Como faço uma vez por semana, fui buscar Victor na escola e estou lhe dando comida em sua casa. Na rua, a gente sempre vem brincando de esconde-esconde atrás dos postes e árvores, o que o deixa obviamente agitado com a novidade da minha presença. Entre uma colherada e outra de comida, ele caminha para todos os lados. Como parte do nosso jogo, faço-lhe a pergunta de sempre: "Quem é o adorado do padrinho?". Agora ele já não responde tão rápido, mas ainda assim diz, muito afirmativo: "Eu!". Depois, afasta-se até o extremo do sofá, encosta a cabeça no estofado e, me olhando de baixo, complementa: "Namorado...". Ele brinca com outra palavra que rima. Insisto: "É adorado...". Ele ri e, ainda me olhando de cabeça inclinada, brinca de volta: "Não. É namorado...". Eu rio de volta. E lhe dou outra colherada de comida. Me enternece como as crianças reagem sem pudor ao seu sentimento de afeto.

Sexta-feira. Faz cinco meses que Cláudio morreu. Amanhã ele vai receber uma pequena homenagem na cidade onde morava, Jundiaí. É madrugada de uma dessas noites de novembro que prenunciam o calor do verão e, por sua sensualidade implícita, sugerem que a vida é eterna. Tenho os olhos muito abertos no escuro do meu quarto. Hoje fiz um sexo mecânico e insignificante, o único que tenho conseguido ultimamente, apenas para cumprir as funções fisiológicas. Na próxima segunda-feira, depois de muito adiar, serei obrigado a fazer um novo exame de sangue, agora acrescido de um dado novo: a carga viral para medir o HIV — o que me enche de medo antecipado. De olhos arregalados no escuro, de repente tenho a consciência tão rara de estar vivo. Moro agora num apartamento luminoso, limpo e alegre, apesar de um pouco barulhento. Agradeço à minha vida — com suas mudanças ocorridas recentemente. Sei que não sou eu quem está vivo. É a vida que vive em mim. Por quais mecanismos, desconheço. Não sou dono dela. Ela sim é a dona de mim. Tenho desejo de entregá-la agradecidamente nas mãos do seu dono. Quem seria? Penso e não demoro a concluir de quem se trata: a morte. Qual seria de fato o maior prazer em estar vivo? O fato de ir adiando a morte? Definitivamente, isso me repugna. Mas entrego minha vida. Quero estar com ela oferecida, sempre. Eu: pronto. Prefiro senti-la como um presente diário. E aprender a agradecer cada vez melhor o seu dom, cada vez com mais sentido. Afinal, somos todos navegantes. Se o porto final é a morte, resta-me gozar a experiência do mar, com tudo de efêmero que ele tem. Se por acaso sou este exato João, quero que o acaso seja meu grande mestre, meu padroeiro. Minha vereda. Boa noite, irmão. Sinto saudades suas, nestas esteiras que o mar da vida vai deixando ao passar.

Estou pronto.

Não, não estou. Sempre vou ser pego de surpresa. Espernear. Protestar. Chorar. Ficar deprimido. A gente nunca está pronto diante da morte.

Dezembro de 1996

Sinto medo. Muito medo. Entendi o que é o pânico: sentir-se sozinho e desamparado ante uma situação fatal. Como você diante do seu câncer, meu irmão. Durante dez dias sofri quase pânico, aguardando o resultado do meu novo exame de sangue. Além dos testes usuais, agora é possível pela primeira vez aferir a carga viral do HIV no meu organismo.

Que pretensão. Eu pensava "terminar" este livro com a morte do Cláudio. Fato irônico, mas previsível já desde o título, preciso continuar narrando minha própria morte anunciada. Espelhando a morte do meu irmão.

Quando fui apanhar os resultados com meu médico, eu suspeitava de chumbo grosso. Sua secretária tinha me ligado para marcar uma consulta, "O dr. Adauto precisa falar com você". Durante a viagem de metrô até o consultório, recorri ao reforço de agradecer todos os aspectos de minha vida: meus amores, minha obra, meus amigos, meu passado, meus prazeres, minha intuição, o Victor. Para não me sentir tão isolado em meu medo, lembrei de tudo o que pudesse me inserir no universo, de como faço parte de um todo imenso, com seu sentido oculto. Na consulta, o dr. Adauto fez as previsíveis delongas para não ser abrupto demais. Em seguida, lascou: meus CD4 tinham despencado; de altíssimas 920 no ano passado, estou agora com 440 células de defesa por milímetro sanguíneo. Perdi mais da metade da minha imunidade em menos de um ano e ultrapassei a barreira do mínimo aceitável, de quinhentas por milímetro. Em contraposição, minha carga viral aumentou para 85 mil replicações viróticas por milímetro sanguíneo, quase três vezes o mínimo aceitável de 30 mil. O dr. Adauto me explicou que de agora em diante é como se eu estivesse com diabetes, portanto terei que me medicar diariamente diante de uma doença crônica. Vou tomar dois remédios conjuntos. Ele acha melhor a dupla terapia, pois no meu caso o coquetel tríplice ainda não é necessário. Explicou que um outro cliente seu, com carga viral de 416 mil no primeiro ano de infecção, teve uma queda para apenas 420 por milímetro sanguíneo em apenas três meses de terapia dupla. E me admoestou: se eu quiser tomar minha "insulina" tranquilamente, ótimo. Se eu quiser bater a cabeça na parede, tanto pior. Apesar de tentar se mostrar neutro, senti que ele estava um pouco desenxabido. Deve ser muito duro para os médicos dar esse tipo de notícia. Como consolo, no final me garantiu: "Disso você não vai morrer".

Pergunta inevitável: o que estou fazendo com meu organismo, inconscientemente, para ter meu sistema imunológico tão afetado em tão pouco tempo? Pirei, ao compreender: trata-se de suicídio disfarçado. Por quê? Depois de vários anos, voltei à terapia. E estou fazendo a pergunta com insistência. Por quê? Quero tornar a dialogar com meu corpo, sentir que somos uma só coisa. É como se ele tivesse começado a trabalhar contra mim. Mas por quê? A primeira explicação é, obviamente, a morte do Cláudio. Meu organismo sentiu no mais profundo aquilo que tentei superar no nível consciente: a dor irreparável de ter perdido meu melhor amigo e um dos meus maiores amores. Eu me sinto um lixo. Quase nem posso parar em pé, de tão estressado. Ainda assim, vesti meu modelito de João Silvério Trevisan (na verdade, qualquer um) e fui pela segunda vez tentar obter meus remédios antivirais. Peguei o walkman para me distrair caso sentisse medo no Centro de Triagem, onde a gente mergulha um pouco no inferno da aids com todas aquelas pessoas magras, doentes, deprimidas. Escolhi dois trios de Schubert, mais intimistas, e não tive dúvida quando me deparei com uma velha fita da *Nona sinfonia* de Beethoven. Como da primeira vez, fiz o exercício de ir agradecendo, mas agora de modo ainda mais abrangente: agradeci minha infância, o seminário, tudo o que poderia ser triste e, no entanto, teve seu lado bom.

20 de dezembro de 1996

Começo a tomar doses diárias de AZT e 3TC. Engulo os remédios cheio de medo, mas me esforço contra a corrente e agradeço a ação deles no meu organismo. Agradeço a todas as pessoas que os experimentaram antes de mim, às que fabricaram e às que receitaram. Faço exercícios de respiração intensa para não ter medo. Ainda assim, lá no fundo eu me vejo a caminho da cena de enforcamento.

Eu não pedi para que meus CD4 aumentassem no ano passado. O que parece tão sofisticadamente doloroso é que a queda de agora foi ainda mais violenta graças ao aumento do ano passado. Por que a vida me apronta essas surpresas, me dando e depois me tirando a chupeta da boca? É como se eu estivesse continuando uma tradição na vida daqueles que mais amei. Cláudio foi para a mesa de operação e teve a sorte, segundo o médico, de ter *apenas* um câncer linfático tratável em oitenta por cento dos casos. Pois bem, Cláudio ficou nos vinte por cento reincidentes e fatais. Mamãe viveu um mês em coma. De repente, seu coágulo cerebral tinha desaparecido e ela voltou para casa "curada". Três dias depois caiu morta com um infarto do miocárdio — o coágulo tinha descido para o coração. Mas eu não quero jogos indiretos. De agora em diante, tenho que me fazer a mesma pergunta feita ao Cláudio: você quer viver? Para meu horror, não tenho certeza quanto à resposta. Não sei. Sou um homem basicamente cansado. E, no entanto, eu dizia ao Toninho: alguém que conseguiu escrever um livro duro como *Ana em Veneza* devia saber solucionar seu próprio drama. Agora percebo como é difícil curar-se a si mesmo. Me sinto um bosta.

Primeiro Natal sem o Cláudio. Enquanto contemplamos o lindo jardim da sua casa em Jundiaí, Ziza conta como essa visão aprazia a meu irmão. Já no final de sua vida, quando ele não podia mais se levantar, Ziza o colocava diante da porta aberta, sentado na cadeira de rodas, e ia fazer coisas na casa. Certa vez, encontrou-o chorando. Cláudio não disse nada, não explicou nada. Continuou chorando como uma criança. A visão da beleza que ele construíra era provavelmente insuportável para sua vida que se esvaía, tão curta.

Fax para: Ivam Cabral, Lisboa —
25 de dezembro de 1996

Querido Ivam,

Recebi teu fax no dia 18 e outro hoje. Acabei de chegar de Jundiaí, onde conseguimos passar bem o primeiro Natal sem o Cláudio. Olhe, fiquei preocupado com o tom do teu primeiro fax. Entre nós não há outra distância além da física. Entenda as coisas no contexto e não se preocupe. Tenho tão poucos amores. Meu amor por você é uma pedra preciosa que não vou atirar fora, e é essa possibilidade que me assusta, como me assustou o teu silêncio. Ocorre que, com a perda do meu irmão adorado, tenho vivido em clima de urgência, em que os amores são marcos fundamentais. Nós somos privilegiados por ter encontrado nossos amores, e minhas exigências têm a ver com a necessidade de cuidar deles. Não dá para pendurar os amores na parede como um diploma. Preciso muito dos meus amigos fazendo parte da minha vida. Além disso, tive recentemente uma má notícia de saúde, que me deixou muito apreensivo, e isso tem acentuado minha necessidade dos amigos. Meu último exame laboratorial acusou uma queda de metade dos meus CD4 (células de defesa) em menos de um ano, o que é assustador se você lembrar que no ano passado tive um aumento substancial. Pela primeira vez fiz o teste de carga viral, que acusou uma quantidade de vírus três vezes maior do que o mínimo aceitável. Do estado ótimo que eu apresentava, passei para um começo de situação emergencial. Quer dizer, não entendo as surpresas que a vida me faz pra cima e pra baixo. Minha situação não é alarmante, mesmo porque não estou doente nem tenho qualquer sintoma. Mas a repentina piora laboratorial me assusta porque indica a devastação que a morte do meu irmão provocou em mim. Nesse ritmo, parece que meu organismo está se sabotando, o que é um suicídio disfarçado. Por isso, há menos de uma semana comecei a tomar AZT e Epivir, ainda sem necessidade do coquetel triplo. Minha reação aos remédios foi ruim no início, mas agora parece normalizada. Portanto, não fique preocupado além do normal. Definitivamente, como dizia um amigo meu, agora sou uma bicha POSITIVA. Apesar da mudança de casa ter sido estafante, o novo apartamento é bonito e iluminado. Tenho trabalhado como uma mula, escrevendo e dando palestras com as quais ando fazendo sucesso (intelectual, nada mais...). Descobri que tenho um grande número de admiradores, gente que vem falar comigo e agradecer o que escrevo. Terei uma coluna mensal na revista *Sui Generis*. Logo após o Carnaval sai um novo livro de contos meus. Ainda no primeiro semestre, sairá outro livro, um longo ensaio multidisciplinar que escrevi sobre a crise do masculino. E, em seguida, a terceira edição dos *Devassos*. Parece que *Ana em Veneza* vai ser adaptado para o teatro. Aliás, esse romance será o principal lançamento da minha editora alemã na Feira do Livro de Frankfurt em 1997 e provavelmente serei convidado para o evento. De amores, continuo amando sem tréguas mas absolutamente abandonado. Tenho passado alguns períodos muito deprimentes de solidão. Infelizmente temo que isso não tenha mais conserto. Boa estada em Paris. Espero te ver por aqui em breve. Te mando um beijo e desejos de feliz Ano-Novo. Com o amor e afeto do Tre.

Solidão enorme. Num desses domingos de final de ano, sozinho em casa, choro durante o almoço a propósito de alguma música que dói. No meio das lágrimas me vem à lembrança a imagem do meu desamparo ante a doença do meu irmão: estou subindo a difícil rampa do Hospital Albert Einstein, como fiz dezenas de vezes, sempre carregando algum pacote com discos ou flores, para visitar ou ficar com meu irmão. O ônibus me deixava longe, e era uma caminhada razoável até o hospital. Vejo-me vergado pela dor e pelo tempo. Um pária de cinquenta anos, sem dinheiro, invadindo um hospital de elite, indo ver seu irmão agonizante. Ao voltar para casa, às vezes tinha que aguardar quase uma hora por um ônibus. Ficava ali no ponto, vasculhando algum canto de mim onde pudesse encontrar um resto de esperança.

Releio trechos destas notas. São dolorosas demais, não sei se vou conseguir continuar essa brincadeira.

Já desde o final do ano sinto torpor no corpo, sonolência fora de hora, dificuldade para dormir à noite e acordar durante o dia. Chego a ficar parado quinze minutos sem conseguir me levantar e fazer o que estou querendo. Tudo é difícil e desinteressante. Depois tive uma labirintite que me deixou três dias dentro de casa, com vertigens a cada pequeno movimento e até mesmo com o som da minha voz. Assustado, vou ao médico. Ele detecta sintomas de depressão. Vou a um psiquiatra, que confirma. Agora estou tomando um antidepressivo, Zoloft, que me provoca náuseas e me deixa ainda mais deprimido. É muito desagradável. Acho que há meses venho desenvolvendo um processo depressivo, que deve ter começado com a notícia de que Cláudio estava condenado e se acentuou com sua ausência nas festas de final de ano e a proximidade da data do seu aniversário. Como disse o médico, a depressão é o fator mais determinante para abalar o sistema imunológico. Pelo menos agora eu entendo por que meus CD4 despencaram.

Meu nome é Zoloft. Devia ser. Nem assim deu certo. Que nome é o meu?

No "Livro de sonhos", descrevi o que sonhei na madrugada de 15 de janeiro de 1997. Meu amigo Ivo Storniolo e minha terapeuta Carminha Levy são unânimes em ver aí um fator energético e curativo. Sou um adolescente de cabelos alourados (como nas fotos de pequeno), calça e camisa compridas, do tipo caipira do interior. Montado num cavalo, atravesso um vilarejo de ruas arenosas que lembra lugares em Ribeirão Bonito. Há um assalto sendo organizado. Por motivos que desconheço, sou cooptado a participar dele. Após atravessar a cidade, sinto insegurança com o trote do cavalo e tento agarrar seu pescoço para não cair. Mas não encontro o pescoço e sim a bunda do animal. Então me dou conta de que estava montado ao contrário. Fico morto de vergonha, me imaginando ridículo aos olhos das pessoas que me veem. Monto do jeito certo e me inclino para abraçar o pescoço do cavalo. Para meu espanto, ele volta a cabeça em minha direção e se põe a falar comigo. Com voz bonita e clara, cheio de ternura mas também de admoestação, ele me pergunta por que estou aceitando participar do assalto e por que nunca pensei em fugir. Percebo que eu não precisava fazer parte do assalto e poderia escapar. A seguir, ocorre o mais espantoso: não sei se ele menciona explicitamente ou não, mas descubro que meu cavalo me ama com paixão. Surpreso, fico me perguntando como eu não tinha notado a beleza e o amor desse cavalo. Trata-se de um cavalo quase todo branco, de pelo fino, sedoso. E ele me ama! A certeza do seu amor me é passada de modo indiscutível: através de uma nesga de imagem intrometida na cena, vejo seu imenso pau reluzente, como naquele estado de tesão melado que precede a ejaculação — algo como umedecer a própria cueca. Fico cheio de felicidade e confiança no meu cavalo. Sim, eu também o amo sem limites. Cria-se entre nós uma muda conivência para não participar do assalto. Mas, infelizmente, não há tempo de fugir. De repente, aparece diante de nós o chefe do bando. É um estereótipo de bandido: vastos bigodes e roupa negra, reluzente. Sem perguntas, ele me intima a participar do crime. Não posso mais fugir com o meu cavalo e escapar do perigo. Mas não me sinto abalado. Eu e meu cavalo somos felizes. Nós nos amamos e é nessa condição que vamos enfrentar o perigo juntos. (*Em conversa com o Ivo, ponderamos que os animais de grande porte remetem ao que Jung chamava Self, o eu interior símbolo de energia e vitalidade. Pênis e esperma, por sua vez, são símbolos de vida e criatividade. Apareço no sonho como adolescente. Vou participar do bando, obrigado mas também conivente com o perigo. O bandido tem bigodes e roupa de machão ameaçador. Ivo frisa que tudo no sonho são aspectos meus: o cavalo, o povo, o bandido. A cena remete ao único quadro que pintei na vida: nele, sou um menino louro de ar tristonho e me agarro ao pescoço do cavalo, representando claramente o Parabelo da minha infância que eu montava para entregar pão e do qual sentia medo de cair — aliás, ele tinha me derrubado uma vez, assustadiço e indisciplinado que era. Eu vivia com a bunda cheia de feridas, causadas pelo suor do Parabelo. Lembro que* Parabellum *significa em latim: "prepara a guerra". Sem dúvida, desci ao fundo do poço através da depressão. Pergunta: desde quando vivo sentado ao contrário, nesse elemento que me carrega pela vida afora? Estou no lugar certo, mas na posição errada. O fato de me corrigir no sonho prenuncia uma guinada: vou ter proteção se dialogar com o meu eu interior, que pode se tornar meu cúmplice, meu amante. Ivo sugere que eu complete o roteiro do sonho: inventar o resto da história — a relação com o bandido, o que era o assalto e seu desenlace.*)

Além das náuseas e dor de cabeça, o Zoloft acabou com minha libido. Até para me masturbar eu tinha dificuldade. Sentia desejo, ficava excitado, mas não conseguia gozar. Isso nunca me aconteceu. Com a anuência do psiquiatra, parei de tomar o remédio. Subitamente desapareceram todos os sintomas de depressão. Voltei a ter pique, energia, disposição. Passou a sonolência e minha libido voltou a toda.

Fevereiro de 1997

Mais um sonho com a presença do Cláudio. De repente, atendo o telefone e ele está me falando, como nos velhos tempos, cheio de entusiasmo. É verdade que sua voz soa um pouco mecânica, como se houvesse nela algo de artificial. Mas não me importo. Mais do que alegria, sinto um alívio imenso de que Cláudio, o meu Cláudio, continue estando sempre lá, como garantia de que tudo vai bem.

Nesse embalo, escrevi um artigo para a revista *Sui Generis*. Nome: "O amor é maior do que a morte". Com saudades imensas do Cláudio:

> Você já chorou de solidão? Eu sim. Para ser bem franco, até choro bastante. Ainda mais agora que meu irmão Cláudio morreu. Ele sabia ouvir meus gritos de socorro e compartilhar minha solidão. A gente pensa que está preparado para a morte, mas quando ela aparece há sempre uma ruptura no edifício interior, e é preciso andar sobre ovos para não se deixar afogar na dor que nos aguarda em cada esquina, a cada inesperada lembrança. Cláudio foi um dos

meus grandes amores, incondicional como amor de mãe. Solitário de doer, tive imensa saudade dele no último fim de semana, o que aumentou ainda mais minha solidão. Talvez buscando algum bálsamo, liguei para o 145, uma linha grátis de paquera, já tarde, horário dos homossexuais, segundo me disseram. Não era verdade. Vozes masculinas disfarçadamente perguntavam-se os nomes, idade e formas físicas uns dos outros, enquanto lamentavam "não ter mulher no pedaço". Entediado com tal dissimulação antiga como o mundo, apanhei os poemas de Konstantinos Kaváfis e me pus a lê-los ao telefone, para acrescentar um pouco de poesia àqueles desencontros anônimos. Li várias vezes o poema "Ítaca", apresentando aos ouvintes "um dos maiores poetas do século XX para consolar a solidão de vocês nesta madrugada". Muitos protestaram, me chamando de cuzão e viado (ah, insistente fantasia, o viado que tanto temem e tanto querem). Pouco depois, a Telesp cortou minha chamada, com uma voz anunciando o "esgotamento de sua cota por hoje". Fui dormir. Minha cama parecia tão grande que quase me perdia nela. Lembrei da sessão em que eu tentava explicar à minha analista por que o fator mais deslumbrante numa relação amorosa entre homens não é o tesão mas a ternura. O amor é mesmo maior do que a morte, pensei antes de dormir. Por isso senti tanta falta do meu irmão Cláudio no último fim de semana.

Madrugada de 7 de junho de 1997

Junho nunca começou tão triste. É o mês do meu aniversário, e tem sempre aquela coisa do inferno astral. Mas dessa vez o inferno veio mais pesado. Hoje faz um ano que Cláudio morreu. Um mês antes, ele tinha sido desenganado pelos médicos. Naquela madrugada de 7 de junho de 1996, o telefone tocou, previsível mas ainda assim assustador. Eram quase três da manhã. Do outro lado, a voz titubeante da Mami: "João, é o Cláudio... Aconteceu". Não foi preciso mais nada. Toninho já estava avisado. Liguei para a Lurdinha, marcamos que ela e Giba viriam me apanhar para irmos juntos a Jundiaí. Não havia nenhuma emoção estranha. Nenhuma providência a tomar. Tudo estava estranhamente calmo. Era a morte. Naquela madrugada fria, o cenário que encontramos pelo caminho foi assustador: a neblina caía tão forte que mal víamos as sinalizações da estrada. Nós três viajávamos em silêncio. Não se poderia dizer sequer que a gente estava triste. Aos nossos olhos se escancarava um fato maior do que tudo, de objetividade tão absurda que nada se podia fazer senão se entregar como se tudo fosse verdade, absolutamente e só verdade. Só com muita dificuldade a gente conseguia abrir caminho na neblina pesada, que os faróis não conseguiam vencer. De tão espessa, a luz batia nela e parecia voltar. Víamos tudo demasiadamente claro, naquela madrugada. Abríamos caminho na neblina espessa da morte, que íamos viver de novo, com que dor, como se fosse a primeira vez. E com certeza ouviríamos seu som seco bater de novo e de novo à nossa porta, sempre como se fosse a primeira vez, e com dor renovada. Mas não, nenhum de nós pensava nisso. Nem lembro no que eu pensava. Havia ali três adultos perplexos, crianças esperando, obedientemente, as desconhecidas ordens de um velho jogo que não comandávamos. Foi uma longa viagem e um longo silêncio, quebrado apenas por comentários banais relativos às providências práticas. Tateávamos o terreno interior, tentando sondar alguma possível reação que não se podia prever nos nossos abismos. Éramos familiarmente desconhecidos por nós mesmos, pegos de surpresa numa espera que havia durado um ano e oito meses, no final dos quais dávamos de cara com a derrota, a maior de todas. Uma vez na chácara, subimos a curta estrada até a casa. O coração começou a se inquietar. Eu sabia o que era e não tinha jeito de evitar. Aliás, se pudesse, teria me esquivado. Mas não, o espelho da dor ficava exposto diante da nossa cara. Os cachorros estavam quietos. Sonolentos, talvez, mal abanaram o rabo. Não lembro como entramos na casa. Mas lembro sim quando atravessei o corredor que dá para o quarto do Cláudio. Estava tudo muito escuro. E eu comecei a berrar. Lurdinha começou a berrar. Do quarto, ouvi ruídos indistintos, horríveis, eu sabia que eram horríveis, apesar de indistintos. Toninho já tinha chegado e acho que era em parte o seu choro berrado o que eu ouvia. Entrei. Eu não gostaria de me lembrar jamais da imagem que minha vida desvendou para todo o sempre. Cláudio estava morto em cima da cama. Amarelo, esquelético, imóvel. Meu irmão já não existia. Exceto seu cadáver. Não cheguei a pensar em nada, coisas como o que vou fazer em minha vida sem ele, ou por quê, ou? Nós três berrávamos em altíssimo som, cada um no seu timbre de dor. Não lembro bem, mas acho que Ziza estava calada, absolutamente calada, de joelhos ao lado da cama, olhando fixo para o cadáver do marido. Não me lembro de ter visto as duas meninas, nem a Mami. Não sei quanto tempo aquilo durou. Era uma dor atemporal, que a cada segundo pesava uma eternidade. Acho que Toninho já tinha providenciado um médico para fazer o atestado de óbito. Não sabíamos mais o que esperávamos. Sei que saí do quarto. Aquela cena era mesmo insuportável. Me tranquei no banheiro, porque não me parecia suficiente o que eu chorava, precisava mais. E berrei, aproveitando o ruído do vento lá fora. Berrei como só tinha berrado quando mamãe morreu e quando E. me abandonou. Eram as três mortes que estavam ali comigo, naquele banheiro solitário, mas também todas as outras que viriam e as milhares que no mundo inteiro se repetiam todos os dias e que eu resgatava agora, como se fossem todas mortes minhas. Ali trancado, não sei quanto tempo fiquei berrando. Só me lembro de achar que jamais conseguiria parar de chorar. Temia que pudessem me ouvir e se preocupar, mesmo que ali ninguém tivesse mais direito do que o outro a ser socorrido. No espelho do banheiro eu via o meu rosto contorcido e molhado, retrato de um fiasco. Depois foi rápido. Eu fiquei ao telefone, encarregado de avisar os amigos. Tarefa nada fácil. Explicar, ter que ouvir o susto do outro lado; depois um silêncio, e mais um choro. Esqueci de tomar café. Estava preocupado com Ziza, que ainda não tinha visto chorar. Mas isso não demorou. De repente, sua dor maior que todas invadiu a casa. Ela chorava de tal modo que todos podíamos ouvir, em qualquer canto. Um perfeito choro de perdição. Fui ao quarto. Estava tombada junto à cama, agarrada ao cadáver do Cláudio, e soluçava como se não houvesse nem fosse haver qualquer consolo no mundo. Soluçava de maneira desesperadora até para nós que também chorávamos. Ali se desenrolava o grande drama da perda, entre duas pessoas que tinham se amado por mais de vinte anos e, de repente, se viam separadas de modo tão… Eu ia dizer "horrível", mas não. Era um modo bem corriqueiro de morrer. Tão horrivelmente corriqueiro. Corri para pedir a Mami que ficasse com a Ziza, que desse um jeito de consolá-la um pouco, fizesse qualquer coisa. O médico veio. Atestou morte por aneurisma cerebral, mas os motivos eram tantos outros… Providenciada a funerária, esperamos. Decidiu-se que o velório seria no próprio cemitério de Jundiaí. Vivíamos uma aflição sobre a outra naquela manhã. Ziza escolheu as roupas, o sapato. Não lembro quem vestiu o cadáver do Cláudio. Eu não queria mais ver o nada a que tinha sido reduzido, aos quarenta e oito anos, o meu irmão agora irreconhecível. Mas o dilaceramento mal tinha começado naquela manhã sem brilho. Foi outro horror quando os funcionários da funerária passaram com o caixão, levando embora mais um pedaço do amor. Ficou como a última imagem da morte escancarada. O carro da funerária foi descendo aos trancos a estradinha cheia de pedra, com o dia nascendo, e Toninho no meio do caminho chorando e berrando: "Tchau, bem, tchau. Nunca mais vou te ver, meu irmão".

Subi na tribuna do crematório para agradecer a você, meu irmão, por seu convívio conosco. Eu disse que havia sido um privilégio e uma bênção ter você em nossas vidas. E quando a porta do forno baixou, o som da "Ode à alegria" saudou sua existência. Chorei, porque você nunca mais ouviria a voz de Ludwig van Beethoven cantando a grandeza do universo, cuja espantosa maravilha sempre comoveu os humanos com algum fiapo de felicidade. Naquela cerimônia, foi o que eu queria ter ouvido e apresentado. Mas nem isso foi possível. O sistema de som do local era péssimo, o que esmaeceu a voz de Beethoven. Sua alegria ficou desfigurada. E se nós queríamos voltar a sentir a delícia da sua presença, sabíamos que não haveria retorno possível. Experimentávamos mais um fiasco da nossa entrega amorosa. A alegria que eu invocava seria um paliativo inútil para encobrir o desencanto de não ter mais você, amadíssimo irmão.

Neste primeiro aniversário, durante o café da manhã, antes de começar a trabalhar, refaço da melhor maneira possível a cerimônia do adeus. Ouço em homenagem a Cláudio a "Ode à alegria", que ele tanto amava. Ah, alegria, que une numa mesma voz tanto o verme da terra quanto o querubim diante de Deus, sobreviva. Ressurja no meio da morte, como um beijo universal que congrega os desamparados irmãos. Ah, alegria, dizem que filha do Elíseo, nos tempos antigos. Hoje, não sabemos sequer quem foi esse Elíseo que a criou. Não sei se existirão querubins e se nas profundezas do céu haverá alguém para ouvir nossos gritos de dor. Onde foram parar nossos amores, não sei. Mas espero que a alegria permaneça aí, nosso último testamento contra o medo. Nossa única, preciosíssima garantia dessa imensidão incalculável e infinitamente efêmera: o Amor que inflama nossas vidas.

Meu querido irmão, numa velha carta minha a um amigo da Alemanha encontro o pedido para trazer um CD duplo de vários compositores barrocos, com a explicação: "Estou ensinando meu irmão a ouvir música barroca". Claro, só podia ser você.

7 de junho de 1998

Aniversário de dois anos da morte do Cláudio. Faz quase dois anos que estou tomando o coquetel antiaids. Descontada a insuportável solidão e o desafio que é sobreviver, eu me sinto bem. Trabalho sem parar na terceira edição atualizada de *Devassos no Paraíso*. Um dia, para minha surpresa, ao folhear o exemplar de trabalho do livro encontro um antigo bilhete que dirigi ao Cláudio. Não tem data, mas deve ter sido escrito entre 1992 e 1993, quando eu acabara de descobrir minha infecção pelo HIV. Nele, eu deixava indicações sobre providências a tomar para a nova edição do livro. Mencionava a necessidade de fazer mudanças aqui e ali. Eram notas deixadas por um quase moribundo a um indiscutível sobrevivente, que meu irmão parecia ser na época. Ironias do destino. Eis-me aqui, o infectado pela vida, levando adiante a árdua tarefa de ter sobrado e, com isso, relatar as memórias da dor.

Quando recebo a recém-publicada edição de *Seis balas num buraco só*, confiro a dedicatória: "À memória de Cláudio José Trevisan, que conheceu os paradoxos do masculino, na vida e na morte". Levo um susto ao me deparar com a expressão "À memória de...". Meu irmão já faz parte da memória — o mesmo irmão que meu amor ingenuamente julgava eterno. É doloroso como um soco.

No final da década de 1970, Cláudio e Ziza deixaram o apartamento alugado na rua Bento Freitas, em São Paulo, e se mudaram para Jundiaí. Cláudio tinha o projeto de abrir uma livraria chamada Dom Quixote. Como trabalhara na editora Brasiliense, amava livros e tinha alguma experiência com o mercado livreiro. Antes de ir embora num caminhão fechado com seus pertences, ele me telefonou para se despedir. Pouco mais tarde, recebi nova chamada sua, dessa vez de um telefone público. Chorava porque em pleno vale do Anhangabaú o caminhão pegara fogo, e de modo horrível, com a explosão de um botijão de gás. Achava que era mau agouro. Fiquei desarvorado, sem saber o que fazer nem dizer. De todo modo, ele foi embora e em pouco tempo a livraria era uma realidade, à qual se agarrou com unhas e dentes.

* * *

Junho de 1999

Em alguns dias já terão se passado três anos da morte do Cláudio. Na noite insone, levanto para tomar um copo de água. Ainda perturbado por um filme visto recentemente, suponho que às vezes vou ao cinema para encontrar restos de poesia. Penso nas tarefas de amanhã. Na minha solidão. Nos amores que passaram, nos que não chegam nunca. Talvez eu vá à Europa ainda este ano. Talvez não. Se meu livro *Ana em Veneza* sair na Espanha, quem sabe. Penso isso tudo com a mesma inconsciência de quem respira. E mal me dou conta de que sou, por enquanto, um sobrevivente.

28 de dezembro de 1999

Estou prestes a entrar no ano 2000, algo que nunca imaginei pudesse protagonizar. Então minha irmã me telefona aos prantos, com problemas familiares. Lá pelas tantas disse que não queria criar um câncer como resultado da dor. Falou do Cláudio, com saudades, um irmão a quem, segundo ela, nunca chegou a conhecer e que nunca revelava seus segredos. Lembrou que no hospital, Cláudio já muito doente, ela lhe dizia: "Bem, eu quero conhecer você". E Cláudio a olhava com os olhos esbugalhados, sem dizer nada. Apenas apertava as mãos dela.

Depois de quase dez anos tomando antidepressivos, resolvi dar um basta. Não que a vida tenha deixado de ser barulhenta, desagradável e, às vezes, insuportável. Mas porque simplesmente estava na hora de tentar caminhar com minhas próprias pernas. Não vai aí nenhum mérito. Sei que não consigo viver a intensidade da vida impunemente, daí às vezes precisar de socorro. A vida me torna dependente dos outros. Por isso, voltei a fazer análise mais de uma vez. Mas não sou nenhuma Blanche DuBois, que sempre dependeu da bondade de estranhos. Faço isso para buscar cada vez mais eu mesmo e conseguir decifrar parte desse mistério medonho que vejo diante do espelho, todas as manhãs, cada dia mais velho e mais enigmático para mim mesmo.

17 de abril de 2015

Durante o velório da nossa querida Karla, sobrinha que morreu de outro câncer fulminante com pouco mais de trinta anos, Ziza me contou de uma conversa que tivera com o Cláudio pouco antes de sua morte. Ele tinha sonhado que ia para um lugar muito lindo, muito agradável. O estranho é que o sonho lhe dava a alternativa de ficar no mundo ou ir para esse lugar. Toda animada, Ziza lhe perguntou: "Então você decidiu ficar?". Ele só respondeu: "Não, eu decidi ir pra lá". E se fechou, sem nada mais dizer, como era seu costume pouco antes de morrer. Por muitos anos, Ziza sofreu com essa resposta, julgando-se abandonada e, de certa forma, traída.

Enquanto busco terminar este relato, tenho uma espécie de visão. Ou talvez seja um mero sonho, abstrato no tempo e muito concreto no espaço. Longo devaneio em que há apenas dois closes. Tudo em preto e branco. Diante do meu rosto, surge o rosto de Ziza. Está cheio de curativos. Sinto um misto de susto e alegria ao vê-la. Tudo é mistura, reticência. Seus olhos se abrem, entre alegres e melancólicos, tanto quanto seu sorriso, que pode ser uma contração de dor. Passado o momento de incerteza ou dúvida, minha cabeça se inclina para ela. Beijo seu rosto levemente, lentamente, em várias partes visíveis e também sobre os curativos. Acho que sorrimos. Ou talvez não.

Graças à minha obsessão perfeccionista nos projetos, tenho uma pasta farta em recortes, notas tomadas e material coletado para compor este livro. Há uma linda entrevista do Hector Babenco falando do seu câncer linfático. Encontro também endereços de videntes, centros espíritas para cura a distância, massagistas de limpeza etérica, listas de ervas medicinais, locais de operações espirituais (vários fora de São Paulo). E, por fim, anúncios do falecimento do meu irmão em jornais. Nela encontrei também cartas minhas ao Cláudio, de diversos períodos, em que comento de tudo. Era um prazer tê-lo como interlocutor. Decidi que não vou usar nada disso. Aquela pasta parece agora uma testemunha irrisória do que sobrou da nossa história. O material que coletei não passa de uma tentativa canhestra de compreender melhor esse amor. Nosso amor não caberia numa pasta. Ele deve ser servido como banquete a quem se deparar com este livro.

Velho como estou agora, cheio de remendos físicos e psíquicos, devo reconhecer que, se não por mais, eu fui semeando para mim mesmo sementes de salvação como boias onde me agarrar nos momentos críticos. Olho para o passado e resgato aquele meu poema que li na noite de Natal de 1994. Nele elaborei uma pista para minhas contradições, que hoje funciona como atadura da alma. E se trata disto: viver é uma recorrente procura do amor. Como escrevi lá, o câncer do Cláudio não foi só dele, mas de todos que o amávamos. Por mais ressentimentos e diferenças entre quatro irmãos, esse câncer familiar nos ensinou o segredo para colar os cacos, resgatar laços e amar o amor. Não que inventássemos uma fantasia. Ao contrário, esse era um sentimento que sempre estivera lá. Nosso afeto existia e se mantinha íntegro, como brasa dormida, mesmo no seio de uma família disfuncional. Se sofri rejeições familiares por ser a ovelha negra, devo reconhecer que também eu deixei meu rastro de discórdia fraternal, mesmo que inadvertidamente. Dos quatro irmãos, fui aquele que veio trazer o abalo, com implosão de certezas. Como observou certa vez minha irmã Lurdinha, era difícil imaginar que tínhamos nascido da mesma mãe. Afinal, eu colocava em desequilíbrio suas convicções quando me pareciam conservadoras. Fato que ela verbalizou com clareza: "Você é uma pedra no nosso sapato". Os dois rimos.

Daí retorno ao poema do Natal de 1994, quando mencionei nosso câncer — responsável por nos roubar precocemente um irmão — que revelou também a existência poderosa do nosso amor. Em resumo, uma grande dor nos levou a experimentar uma descoberta amorosa única em nossas vidas. Sempre que pensamos nessa dor, nela fica implícita a solidez do nosso amor. Veneno e antídoto juntos, comprovando como a vida se resume a um território de experimentações inesgotáveis em sua capacidade de revelar nossa incompletude e imperfeição, que acabam se completando em pequenas perfeições, como joias. Assim, agradecer a um câncer linfático ou ao vírus HIV pelas descobertas que nos proporcionaram devia ser tão natural quanto agradecer à vida por nos dar a dor e o amor em doses indissociáveis. Se há diferentes versões desse drama, o amor permanece subjacente. Porque é maior do que a morte.

Desde que me descobri soropositivo, em dezembro de 1992, tudo o que havia de supérfluo nesse terror acabou se esvaindo. Se a aids foi a marca radical de uma época, então o vírus que me habita é um atestado de que vivi o meu tempo até as últimas consequências. Em primeira instância, o vírus se tornou um avalista de tudo o que vivi. Depois de décadas, neste século XXI que adentrei, seja qual for o tempo que me resta, tenho mais uma certeza: mesmo indetectável há quase vinte anos, o HIV se tornou um companheiro de vida.

Março de 2022

Prestes a terminar este livro, voltei a sonhar com o Cláudio. Talvez seja reflexo da invasão da Ucrânia pela Rússia e as cenas repletas de dor que vejo na TV. Estamos num galpão que pode ser uma casa ou um hospital improvisado. Encontro Cláudio numa cama, coberto por lençóis, apenas a cabeça à mostra. Ele me olha sem grande expressão. Tento alcançar sua mão encoberta para lhe fazer um afago. Mas não a encontro, como se ela não existisse. Apesar de melancólico, o sonho indica como o tempo vai diluindo imagens.

Depois de reler tudo o que escrevi, nesses trinta anos às voltas com o livro, não consigo refrear a dor revisitada. Passo dois dias assustado e deprimido. Então retorna, dilacerante como um punhal, a velha pergunta: por que alguém iria ler algo tão doloroso? Quem poderia se interessar pela dor que permeia nossas vidas desde o nascimento? Não, não espero que ETs visitem esta obra para saber como dói a dor humana. Antes parece estar em jogo o próprio sentido do meu ofício de escritor. Acaso seria função da minha escrita empurrar alguém para a felicidade? Não. Não tenho direito de manipular quem me lê almejando provocar algum fugaz bem-estar. Honestamente, prefiro escrever para apontar as cicatrizes que refugamos ao nosso redor.

Então me dou conta de que alguém, do outro lado do espelho, está me lendo.

Joguei uma garrafinha no mar do nada, e você a encontrou. Ao escrever este livro, buscava interlocução com alguém que conhece a solidão e o desamparo tão bem quanto eu. E resulta que estou diante de você. Passei estas páginas abraçando a minha dor em sua companhia. Se até aqui você parecia uma pessoa estranha, agora nos tornamos cúmplices e confidentes, porque compartilhamos dores bem concretas. Você divide comigo o mesmo fardo de luz e treva, mas nem a minha dor nem a sua são exclusivas da nossa vida. Elas integram uma experiência universal que se repete no decorrer da história e habita o DNA da humanidade: perdas, incompletudes e fracassos permeiam nossa realidade difícil de aceitar. Escrevi este livro para acolher as nossas dores, em sua companhia, e no limite encarar a fatalidade com que a morte comprova a vida. O que nos resta? Não é pouco.

Como meu irmão Cláudio, como eu e tanta gente mais, você que me lê também integra a Confraria da Dor. Chegou até esta página não por solidariedade abstrata, mas porque descobriu a necessidade de se completar através do Outro. É essa incompletude que nos une. O conhecimento da dor atinge multidões, geração após geração, por séculos atrás de séculos. Bem mais do que milhões, somos muitos bilhões. Desde seu alvorecer, a humanidade inteira se confraterniza na dor. Não apenas porque não temos escolha. Mas porque é impossível sobreviver sem ouvir a voz da nossa dor.

Enquanto isso, o Universo nos acolhe, em seu Gozo perpétuo.

ESTA OBRA FOI COMPOSTA PELA ABREU'S SYSTEM EM ADOBE GARAMOND
E IMPRESSA EM OFSETE PELA LIS GRÁFICA SOBRE PAPEL PÓLEN SOFT
DA SUZANO S.A. PARA A EDITORA SCHWARCZ EM ABRIL DE 2023

A marca FSC® é a garantia de que a madeira utilizada na fabricação do papel deste livro provém de florestas que foram gerenciadas de maneira ambientalmente correta, socialmente justa e economicamente viável, além de outras fontes de origem controlada.